Karin Müller

NORDLICHT

Im Land der wilden Pferde

Schneiderbuch

EGMONT

Bisher bei Schneiderbuch erschienen:

Nordlicht – Im Land der wilden Pferde (Band 1)

1. Auflage 2018
© 2018 Schneiderbuch
verlegt durch EGMONT Verlagsgesellschaften mbH,
Alte Jakobstraße 83, 10179 Berlin
Alle Rechte vorbehalten
Umschlaggestaltung: Dèsignomicon | Anke Koopmann, München
Umschlagmotiv: © Anke Koopmann unter Verwendung von Motiven von shutterstock
Satz: PPP Pre Print Partner GmbH & Co. KG, Köln
Printed in the EU
ISBN 978-3-505-14126-3
www.schneiderbuch.de

Unsere Bücher finden Sie im
Buch- und Fachhandel sowie im

www.egmont-shop.de

Die Egmont Verlagsgesellschaften gehören als Teil der Egmont-Gruppe zur **Egmont Foundation** – einer gemeinnützigen Stiftung, deren Ziel es ist, die sozialen, kulturellen und gesundheitlichen Lebensumstände von Kindern und Jugendlichen zu verbessern.

Weitere ausführliche Informationen zur Egmont Foundation unter **www.egmont.com.**

Inhalt

Prolog

»Alles hier ist beseelt. Jeder Stein, jeder Strauch. Die Berge atmen. Feuer und Eis. Wo die Haut der Erde so dünn ist wie hier, da sind viele Grenzen fließend. Der Wind trägt ihre Lieder mit sich fort. Aber du kannst sie singen hören. Oder? Elin? Wenn du es nicht schaffst, wer dann?«

Der rot gerändete, wässrige Blick der alten Frau beginnt sich um mich zu weben, zu drehen und zu wirbeln. Ich werde fortgerissen in einem tosenden Strudel.

Ein Feuersturm. Salzig und heiß.

Der nächste Fieberschub überrollt mich wie eine Lawine.

Heiß.

Kalt.

Dann ist da Nichts.

Dunkelheit umhüllt mich.

Lange.

Viel zu lange.

Ich zittere. Friere. Alles an mir schmerzt.

Ich weiß, wenn ich jetzt aufgebe, ist alles verloren. Aber was? Ich kann mich nicht erinnern.

Sollte dann alles umsonst gewesen sein? Bin ich zu spät?

Zitternd fingere ich nach einem Streichholz in der Tasche meines Parkas.

In diesem ersten Schwefelfunken sehe ich froschköniggrüne Augen.

Ich höre ein Pferd wiehern. Höre ihn rufen.

Er ist mir vertraut, aber wer ist er?

Dann legen sich warme Hände um meinen Hals.

Ich wache schweißgebadet auf.

Jedes Mal wieder.

Und ich kann mich erst beruhigen, wenn ich den Kettenanhänger zwischen meinen Fingern fühle.

Er schimmert milchig grün.

Als hätte er ein geheimnisvolles Licht in seinem Inneren.

Ein Nordlicht.

1. Steine sind okay

Ich verziehe die Mundwinkel. Dann strecke ich meinem Smartphone die Zunge heraus, schmiege mein Gesicht an die schmale, schwarz-grün lackierte Dose und mache einen Schnappschuss von uns beiden. Das neue Traumpaar! Ich stelle die einzeln verpackte Spreewaldgurke zurück. Mein Blick gleitet suchend über das Regal. Mom steht an der Kasse. Mit irgendeiner Zeitschrift und Kaugummis. Wir haben noch Zeit. Ich husche mit den Fingern über das Display meines Handys. *#Sauregurkenzeit #imdutyfree* tippe ich als Bildunterschrift in meinen Insta-Account. Und: *#Icelandsucks.*

Eine Sekunde später die erste Reaktion von Mara: der tränenlachende Smiley, daneben der Affe, der sich die Augen zuhält, und darunter:

ra.Ma.: *Stell dich nicht so an, Elin. Du bist noch nicht mal da. Gib deiner Mom ne Chance (Küsschensmiley)*

Ich schicke den grün kotzenden Smiley hinterher und den Haufen Scheiße mit Augen.

Im Ernst: Kann man sich 'ne beknacktere Idee vorstellen, als in den Zeugnisferien fünf Tage nach Island zu fliegen? Im Winter??? Mom hat eine Riesenüberraschungsshow abgezogen. Ganz geheim, zum Geburtstag, weit, weit weg, tralalala. Alles, was ich in den Ferien tun will, ist ausschlafen und meine Ruhe haben. Und ganz bestimmt nicht in ein winziges dunkles Land kurz vorm Nordpol fahren, welches das *#Eis* schon im Namen hat!

Ich beobachte die zierliche blonde Frau in Jeans und Parka, die mir von der Kasse aus hysterisch zuwinkt, und muss gegen meinen Willen lächeln. An der Waschmaschine vor zwei Tagen hat sie sich verplappert: »Du willst doch nicht etwa diese dünne Hose mitnehmen nach Island!« Wir erstarren beide. Sie steht mit dem Rücken zu mir. Pause. »Also … ich meine … in Berlin ist es grade so kalt wie in Island.« Sie lächelt lahm.

Ziemlich lahm, finde ich. Aber ich spiele mit. Berlin hatte sie mir immerhin verraten. Irgendwas in mir hofft, dass ich mich verhört habe. Wenn ich schon nicht ausschlafen kann, dann doch bitte wenigstens shoppen in unser aller Hauptstadt. In Deutschland ist es kalt genug. Aber Fehlanzeige. Von Berlin kriege ich nur den Flughafen und einen Duty-Free-Laden mit sauren Gurken zu sehen. »Ich hab nichts anzuziehen«, maule ich.

Sie dreht sich zu mir und lächelt dieses nervig verschmitzte Mütterlächeln. »Das werden wir ändern. Versprochen, Schatz.«

Kack-Idee. Zumal wir nur mit Handgepäck fliegen, war günstiger. Genau wie Berlin als Abflughafen. Dabei wäre Hamburg viel näher gewesen.

Unser Flug wird aufgerufen. Missmutig trotte ich hinter Mom her zum Check-in. Mom ist Spezialistin für kleine Koffer, und bisher haben wir es noch auf jeder Reise geschafft, ohne nennenswertes Shoppingergebnis – sprich: anständiges Übergepäck – wieder nach Hause zu fahren. London, Paris, Rom, Stockholm … dieses Reykjavik wird keine Ausnahme bilden. Aber ich sage nichts.

Noch nicht.

Ich bin müde.

Ausgerechnet Island. Früher wäre das was für mich gewesen. Früher!

Aber jetzt? Was soll ich da? Und superteuer soll es dort auch sein.

Wir sitzen im Flieger. Die Maschine ist nur halb voll. Kein Wunder, denke ich mir. Mom reicht mir einen Kaugummi gegen den Ohrendruck beim Start. Ich schalte mein Handy auf Flugmodus, stöpsele meine Kopfhörer ein und stelle meine Playlist auf Shuffle.

Irgendwann ruckelt Mom an meinem Arm.

»Was?«, frage ich und lege den kleinen Reiseführer beiseite, den ich vor lauter Langeweile überflogen habe.

»Schau mal raus. Wir landen gleich. Ist die Landschaft nicht wunderbar?« Sie zeigt aus dem kleinen, dick verglasten Fenster. Ich beuge mich möglichst umständlich über sie und erspähe weit unten Schnee und Eis, dazwischen zerklüftete Felsen und drum herum das Meer. »Wahnsinn«, rutscht es mir heraus, und das klingt nicht so sarkastisch, wie ich es gern hätte.

Ich habe nur einen Trailer von *Game of Thrones* gesehen. Ist auf Island gedreht worden. Rick, der in Englisch neben mir sitzt, hat mir haarklein erzählt, wie jemand einen von diesen Schattenwölfen und ein Pferd getötet hat. Mir ist sofort schlecht geworden. Wieso gucken Leute sich so was an? Staffelweise? Hat ihm irre Freude bereitet, mir die Einzelheiten auszumalen. »Ist doch bloß ein Film, Schnittlauch. Was bist du nur für ein Sensibelchen?! Alles Ketchup! Hat dir deine Mama das nicht erklärt?« Mara hat ihn für mich vors

11

Schienbein getreten. Ich kann es nicht leiden, wenn die Jungs mich Schnittlauch nennen. Aber aus Trotz habe ich mir damals die Haare noch mal nachgefärbt. Jetzt wächst das Grün langsam raus und verblasst.

Wir setzen zur Landung an, und ich habe Tränen in den Augen. Wegen eines computeranimierten Viehs, das ich nur zwei Sekunden in einem völlig verwackelten Filmausschnitt gesehen habe? Quatsch. Weil ich noch viermal nicht ausschlafen kann und dann wieder in die Schule muss! Und weil irgendwas von dieser eisigen Insel da unten ausgeht, das ich nicht verstehe. Für einen winzigen Moment habe ich den unverwechselbaren Geruch eines Pferdes in der Nase. Einen Duft, der längst verflogen sein müsste, obwohl er sich in mein Herz gebrannt hat.

Mir entfährt ein Geräusch, das meine Mutter offenbar als Seufzer interpretiert. »Hab ich doch gleich gesagt«, sagt sie zufrieden, bietet mir einen neuen Kaugummi an und lässt sich in ihren Sitz zurückfallen. »Island ist jetzt genau richtig.«

Eisig ist es. Was habe ich denn auch anderes erwartet in diesem Land? Nichts! Ich ziehe meinen orange-blauen Kuschelschal so hoch aus dem Kragen meines Parkas, dass er eine komplette Einheit mit Mütze und Jacke bildet, und warte. Wenn ich jetzt versuchen würde, meine Zehen in den Stiefeln zu krümmen, würden sie abbrechen und bei jedem Schritt als kleine Eiswürfel darin herumklirren. Abgefroren. Wie gut, dass ich nie in Betracht gezogen habe, Primaballerina zu werden. Das wäre es dann bereits mit der Karriere. Aus und vorbei. Im hohen Norden an den Winter verloren.

Mein Herz schlägt glücklicherweise eher für Pferde. Schlug, korrigiere ich mich. Reiten kann man auch mit abgefrorenen Zehen. Will ich aber gar nicht mehr. Das ist abgehakt. Niemand von meinen Freundinnen reitet noch. Aus dem Alter sind wir raus.

Ich stehe hinter einem verglasten Windschutz. Das ist der Wartebereich für die Transferbusse vor dem Flughafengebäude. Mom hat so ein Kurztrip-Island-Pauschal-Schnäppchen-Paket für uns erstanden. Mit Walbeobachtung und Nordlichter-Tour. Nur der Transfer zum Hotel war leider nicht mit drin. Den organisiert sie jetzt gerade, und das dauert anscheinend etwas länger.

Ob auf Island Koffer geklaut werden? Ich betrachte unser spärliches Gepäck zu meinen gefrosteten Füßen. Zwei Köfferchen in Kabinenmaßen, dazu mein Rucksack und Moms Laptoptasche. Sie kann nicht ohne. Aber das ist ein anderes Thema. Ich atme tief durch und bereue es sofort. Selbst durch zwei Schals hindurch habe ich das Gefühl, meine Bronchien überziehen sich mit Reif. Außer mir ist niemand so blöd, hier draußen herumzustehen. Also wird auch keiner was stehlen.

In einiger Entfernung sind ein paar Flughafenmitarbeiter mit dem Umladen von Sperrgepäck auf Rollwagen beschäftigt. Die wollen mit Sicherheit nicht noch mehr schleppen. Ich sehe mich um. Plattes Land, dazwischen Schneeverwehungen und Felsen und dann wieder: Weite. Eigentlich müsste man von hier das Meer sehen können. Meer mag ich. Auch auf Island.

Ich schenke unserem Zeug einen grimmigen Blick, so als wollte ich ihm einschärfen, sich nicht von der Stelle zu bewegen. Dann schlittere ich vorsichtig über den Asphalt auf die andere Straßenseite. Ein Stück weiter hört der Begrenzungszaun auf. Von da geht der Blick über Felder. Oder sind es Wiesen? Unter dem Schnee kann man das allenfalls vermuten.

Schön sieht das aus hier draußen. Magisch irgendwie. Menschenleere Weite. Wie geschaffen für … Ich bilde mir das Trommeln von unzähligen Hufen ein und wische schnell den Gedanken weg. Wo war ich? Pflanzen. Ich schätze, hier ist es viel zu kalt, um außerhalb von Gewächshäusern etwas anderes als Eisblumen anzubauen. Essen die hier oben nicht ohnehin nur Gammelhai und Knäckebrot? Ich zerre mein Smartphone aus der Jackentasche und nehme ein Video von der Umgebung auf. Zu blöd, dass man dafür die Handschuhe ausziehen muss.

Und dann entdecke ich sie.

Die plüschigen Hintern in den Wind gedreht, scharren sie mit kleinen Hufen die Schneedecke auf, um etwas zu knabbern zu finden: eine Gruppe waschechter Islandpferde.

Natürlich bleibt mein Blick an ihnen kleben. Ich bilde mir ein, dass sie mich ebenso neugierig betrachten. Mein Herz sticht wieder. Wie vorhin im Flugzeug. Ich spüre, wie es gegen die Schichten aus Pullover, Schal und Jacke klopft, als ob es rauswill. Aber ich lasse es nicht hinaus. Ich zwinge mich, den Blick zu lösen und mich abzuwenden. Mein Herz soll gefälligst bleiben, wo es ist. Und bloß die Klappe halten.

Ein paar Meter vor mir hat sich offenbar jemand die Mühe gemacht, ein paar Feldsteine zu einem mannshohen Turm aufzuschichten. Da will ich näher ran. Sieht beeindruckend aus. Vielleicht hat der Erbauer auch auf seinen Transferbus gewartet? Jedenfalls war seine Aktion bestimmt gut gegen drohendes Erfrieren. Ich mache noch ein paar Bilder und stecke das Handy wieder ein. Scheiß auf die Nachwelt, mir sterben die Finger ab, schnell wieder die Handschuhe anziehen.

Mit der Stiefelspitze taste ich über etwas direkt vor mir, das aussieht wie ein Maulwurfshügel im Schlafrock. Ich könnte ja ein bisschen weiterbauen, solange Mom den Bus organisiert und ihr einziges Kind der polaren Kälte aussetzt. Das würde mich vielleicht auch von diesem komischen Kloß im Hals ablenken.

Ich bücke mich nach dem angefrorenen Felsbrocken. Sitzt bombenfest. Also rücke ich meine Mütze zurecht und trete mit den Füßen gegen den widerspenstigen Stein. Frust soll man rauslassen. Und Wut. Von links und von rechts, immer mit den Innenkanten, dann wieder Hacke und Spitze. Einen für die Kälte. Einen fürs verpasste Shoppen in Berlin. Einen für die versauten Ferien. Einen für … ach, egal. Ganz schön anstrengend. Meine Nase läuft. Endlich löst sich das wehrhafte Ding. Triumphierend schnaufend wuchte ich den Stein auf den Haufen zu den anderen. *Klock.*

Gut, dass ich meine dicken alten Handschuhe mitgenommen habe. Das macht Spaß. Ich lege den nächsten Stein frei und fange von vorn an. Hacke, Spitze, innen, außen, links und rechts. Ich schnüffele. Meine Füße schmerzen. Jetzt sind die Zehen ganz sicher ab. Was soll's! Mit dem Handschuhrücken fahre ich unter dem gefühllosen Eiszapfen lang, der mal meine Nase gewesen sein muss.

Wo bleibt Mom eigentlich? Wenn sie noch lange braucht, ende ich wie die Sphinx. Kam die Eiszeit eigentlich bis Ägypten? Das wäre ja mal eine plausible Erklärung für die nasenlose Löwendame.

Ich brauche ein Taschentuch. So viel Schnodder kann man gar nicht hochziehen.

Dann fahre ich zusammen. Ich höre ein Pferd schnauben. Ganz dicht. Und als ich mich umdrehe, ist die ganze Gruppe dieser eisbezapften Zotteltiere näher gekommen. Fünf sind es. Die Farben sind schwer auszumachen, weil ihr üppiges Winterfell mit Schnee und Eisklumpen behangen ist. Schattierungen von Braun, Mausfalben, vielleicht gescheckt. Eins steht dichter bei mir als die anderen. Bestaunt mich. Zögernd. Zurückhaltend. Kommt dann noch ein paar vorsichtige Tritte näher. Seine silbrige Mähne wird vom Wind aufgebauscht und verwuschelt. Es lahmt ein wenig und schnaubt mich noch mal an. Dabei nickt es leicht mit dem Kopf.

So wie Sahara das immer getan hat.

Sahara.

Mein Herz zieht sich zusammen. Der hinterhältige Kloß ist wieder da. Stärker als vorhin.

Ich strecke unwillkürlich die Hand in Richtung der unbekannten Nüstern aus. Halte sie zum Schnuppern hin und senke meinen Kopf ein wenig. Das fremde Pony folgt der Einladung. Vorsichtig. Es schont das linke Vorderbein. Seine Barthaare sind von einer feinen Eisschicht überzogen. Ich spüre die Wärme seines feuchten Atems.

Das Pferd ist nicht mausfalben, wie ich zuerst dachte, sondern windfarben. Seine Mähne unter der Eiskruste hat einen sanften Silberglanz, fast wie Mondschein. Das dichte Fell trägt die bräunlich graue Farbe von Lava im Abendlicht.

Ohne nachzudenken, ziehe ich den Handschuh aus und streife sacht an dem verletzten Bein hinab. Es kommt mir warm vor und die Sehnen geschwollen und schmerzhaft. Ich ertaste eine Wunde, aber die scheint schon älter zu sein. Wir sind ganz selbstverständlich miteinander. Die nötigen Handgriffe laufen vollautomatisch

16

ab. Ich greife in den steif gefrorenen Behang und hebe den Fuß. Das Tier verlagert sein Gewicht und gibt ihn mir bereitwillig. Behutsam kratze ich mit meinem zusammenklappbaren Hufkratzer daran herum. Der hängt noch von früher an meinem Schlüsselbund.

Außer Eis entdecke ich nichts, was stören könnte. Ich stelle das Bein wieder ab und gleite zum Vergleich über die Muskeln und Sehnen des anderen. Das fühlt sich kühl und klar an, so wie es sein sollte. »Was machen wir denn mit dir …?« Mein Blick verweilt kurz zwischen den Hinterbeinen. »… meine Schöne!« Eine Stute also. Mit warmem Atem beschnuppert sie meine Mütze, mein Haar, prüft mit den Lippen den Geschmack meiner Haut. Mein Herz sticht. Mein Körper erinnert sich. Wie sie mich ertastet, genau wie Sahara. Warum vertraut mir dieses fremde Pony?

Ich versuche, den Schmerz zu ignorieren, ziehe mein Halstuch unter dem Schal hervor, fülle etwas Schnee hinein und wickle das Ganze vorsichtig um das Bein des fremden Pferdes. Es ist mein Lieblingstuch, mit orange-blauen Gitarren drauf. Es ist schwierig, einen Farbton zu finden, der zu meinen komischen blassgrün-auf-dem-Rückweg-zu-rotbraunen Haaren passt. Ich habe mir den Schal auf der letzten Klassenfahrt im Hard Rock Cafe gegönnt. Aber ich habe nichts anderes.

Moment! Mir fällt ein, dass ich die Beinwellsalbe noch irgendwo in den Tiefen meiner Jackentasche haben müsste. Tatsache! Letztlich doch zu was gut, wenn man sich beim Volleyball die Hand verknackst. Das ist vier Wochen her, aber so eine Parkatasche verliert nichts. Die Sicherheitsbeamten am Flughafen in Berlin haben die Tube gar nicht bemerkt. Hallelujah! Also verteile

17

ich das Zeug großzügig und wickle noch mal neu. »Das sollte dir helfen, bis du zu Hause bist. Du hast doch ein Zuhause, hier irgendwo, oder?«

Ich schaue zu ihr hoch und halte in der Bewegung inne, denn ich starre direkt in ein sehr wütendes Augenpaar, sehr dicht vor meinem Gesicht, das wirklich sehr, sehr aufgebracht ist. Ich verstehe zwar kein Wort von dem, was der aufgerissene Mund unter dem Augenpaar mir ins Gesicht brüllt, aber der Ton hat es in sich.

Er schiebt sich zwischen mich und die Stute, die ein paar zögernde Schritte rückwärts macht. Oder bilde ich mir das Zögern nur ein? Ich löse meinen Blick erst, als die Stute zu ihrer Gruppe zurückstakt. Es fällt mir seltsam schwer, als ob meine Augen wie Füße in Kaugummi kleben würden. Immer noch wie in Trance wende ich mich dem Jungen zu. Seine Stimme summt und sticht in meinem Kopf. Ich bin plötzlich supermüde, und mir ist ein wenig schwindelig. Mein Kreislauf macht das manchmal mit mir.

»Ganz ruhig, Brauner.« Ich verwende den gleichen Singsang wie eben bei der Stute, den gleichen wie bei Sahara früher, wenn sich ein Motorrad zu schnell von hinten genähert hat.

Und es hat ungefähr die gleiche Wirkung: Gegen null gehend. Immerhin holt der komische Typ erst mal Luft, bevor er weiterbölkt. Was will der von mir? Ist er verrückt? Gefährlich? Seine seltsamen Zischlaute, das kehlige Grollen und der wild durcheinandergewürfelte Buchstabensalat, das alles klingt nicht grade freundlich. Ich schlucke trocken. Ein bisschen mulmig ist mir schon. Wir sind ganz allein hier draußen.

»Ganz ruhig«, wiederhole ich und zeige ihm meine leeren Handflächen, wie man das bei aufgebrachten Eingeborenen eben so macht.

Der Junge starrt mich ziemlich verblüfft an. Ich kann seine geraden eisweißen Zähne sehen, weil ihm der Kiefer heruntergeklappt ist. Dezent mache ich einen Schritt rückwärts. Bisschen Abstand zu so einem Wikinger in Wallung kann nicht schaden, denke ich mir.

Das verschafft mir immerhin so viel Zeit, dass ich ihn kurz im Ganzen mustern kann. Er trägt ziemlich altmodische, aber funktionale Kleidung: dicker Wollpulli, Lederhosen, warme Filzstiefel, eine lustige Mütze, unter der blonde Locken hervorquellen. Und wenn er nicht grade brüllt, dass ihm die Halsschlagader anschwillt wie ein Schiffstau, sieht er gar nicht mehr so hässlich aus.

Eigentlich sogar ziemlich hübsch, muss ich zugeben. Lange, schmale Nase, hohe Wangenknochen, leicht schräg stehende froschköniggrüne Augen ... ich ertappe mich dabei, dass ich ihn genauso anglotze wie er mich. Das macht mich nervös. Und wenn schon. Ich schiebe mein Kinn vor und drücke die Schultern durch. Hast du noch nie eine Touristin mit Schnoddernase gesehen?

Du kannst mich sehen? Er bewegt die Lippen nicht. Der Satz hallt in meinem Kopf, so leer gefegt ist der. In seiner Mimik kämpfen Entsetzen, totale Überraschung, Bestürzung, Neugier und Panik um den Sieg. Ganz kurz huscht ein Lächeln über sein Gesicht.

Ich erwidere es automatisch, kriege aber nur ein schiefes Grinsen hin. Dann gerate ich leider ins Straucheln. Ich will mich abfangen und greife nach seinem Ärmel. Keine gute Idee. Geradezu panisch schlägt er meinen Arm weg. Wie einen glühenden Feuerwerkskörper – und ich lande unsanft mit meinem Hintern auf dem eisigen Boden.

Im nächsten Moment hat er sich auf ein schneeweißes Zottelpony geschwungen und reitet davon. Die kleine Herde folgt ihm, auch die windfarbene Stute, trotz ihres verletzten Beins.

»Ey!«, brülle ich ihm hinterher. Mich umzuschubsen ist eine Sache. Aber bei den Bodenverhältnissen aus dem Stand loszugaloppieren – mein Reitlehrer hätte mich vom Pferd gezogen und ungespitzt in den Hallenboden gerammt.

Maaaaaann, Alter! Der Schimmel und die Konturen seines Reiters verschmelzen als Erstes mit der Schneelandschaft, dann sind auch die anderen Pferde verschwunden. Und mit ihnen mein Lieblingstuch. Gern geschehen! Hauptsache, es hilft.

»Elin! Wo steckst du denn? Der Bus fährt gleich.«

Ich rappele mich auf und laufe mit tauben Zehen und blauen Flecken steifbeinig auf Mom zu, die bestimmt fünfzig Meter entfernt an der Haltestelle steht. Bin ich so weit gegangen? Sie winkt mit unseren Transfertickets. »Los, beeil dich!«

Ich putze mir die Nase und stiere zurück in die Einöde.

»Wieso hast du dich bei dieser Kälte überhaupt hingesetzt? Ich dachte, aus dem Alter wärst du raus!« Mom klopft mir Schnee vom Parka und hängt mir meinen Rucksack um wie einem Kindergartenkind.

»Das kann ich allein«, maule ich, ignoriere, so gut ich kann, ihre Anspielung über das Rauswachsen aus gewissen Dingen und blicke beim Einsteigen über die Schulter zurück. Zu dem Steinhaufen. »Hast du den Idioten mit seinem Pferd gesehen?«

»Wen?«, fragt Mom und folgt mir mit zusammengekniffenen Augen. »Da ist weit und breit kein Mensch.«

»Doch«, beharre ich. Ich halte auf der zweiten Stufe an und scanne den Horizont ab. »Eben war er noch da. Du musst ihn doch gesehen haben. Ein waschechter Wikingerjunge auf einem Isländer. Also quasi zwei Isländer. Und noch ein paar mehr Pferde. Eins davon hat gelahmt.«

Und das hat jetzt mein Halstuch um. Weg isses. Genau wie der Typ. Einfach abgehauen. Wie dämlich kann man aber auch sein? Geschieht mir ganz recht.

Mom ist damit beschäftigt, unsere Bustickets aus ihrer Handtasche zu wühlen.

Typisch meine Mutter, die kriegt nie was mit, und was sie nicht sieht, gibt's für sie nicht. Willkommen in meiner Welt!

»Please, get in«, bittet der Busfahrer. Er lächelt mich an. Es gibt also auch nette Menschen hier oben.

Ich löse mich von der Eiswüste und gebe der verführerisch lockenden Wärme seines Dieselmotors nach. »Did *you* see the guy with the horses?«, frage ich ermutigt und zeige in die Richtung, aus der ich grade komme.

Der Fahrer schaut kurz von Moms Fahrscheinen auf, lacht und winkt mich durch. »No horses here, young lady. Forbidden area due to the flight traffic. Only sacred stones. But you will find horses anywhere else. Welcome to Iceland!« Sein Lachen dröhnt in meinen Ohren wie das von Halvar, dem Zeichentrickpapa von Wickie. Voll das Klischee.

Ich bin NICHT wegen der Pferde hier, liegt mir auf der Zunge. Und ihr habt hier eh bloß Ponys. Aber ich schlucke es hinunter.

Nur Steine also, verdammt heilige noch dazu. Und Pferde sind verboten auf dem Flughafengelände. Ich nicke. Alter! Hat meine Mutter die alle geschmiert? Ist das so ne Pädagogennummer? Oder ist der Busfahrer ein Onkel von dem durchgeknallten Typen und will verhindern, dass sein Neffe Ärger kriegt mit der Security? Die sind doch bestimmt alle verwandt hier.

»Tja, dann leide ich wohl schon unter Erfrierungshallus«, murmele ich großzügig. So freundlich ich kann, ziehe ich mein Köfferchen hinter mir her und lasse mich auf den nächstbesten freien Sitz plumpsen. Meinen Rucksack packe ich neben mich.

Mom versteht den Wink mit dem Zaunpfahl und nimmt hinter mir Platz.

Eintönige weiße Wüstenlandschaft fliegt an uns vorbei. Unwillkürlich hoffe ich, irgendwo doch noch den reitenden Jungen und seine Pferde zu erspähen. Aber außer Felsen und Schnee ist da nichts. Ab und zu heben sich ein paar weitere dieser seltsamen Steinhaufen vom Horizont ab. Noch seltener duckt sich ein kleines Häuschen vor dem Wind und der Kälte weg. Nur ein paar Möwen trotzen der steifen Brise und lassen sich von ihr durch die Luft treiben. Sonst ist da niemand. Keine Menschenseele. Kein einziges Pony.

Der Bus hat WLAN. Als meine Finger aufgetaut sind, scrolle ich durch meine Fotos. Auch auf dem Video – keine Spur von meinem einheimischen Choleriker und seinem Zotteltier. Mist! Hat der sich in Rauch aufgelöst? Soll sich mal nicht zu viel einbilden auf seine Pfadfindertarnung. Und dann diese gespielte Überraschung. Ja, hallo? Glaubst du, du bist unsichtbar?

Ich lasse mein Handy sinken. Total bescheuert. Aber diese Stute war wunderschön. Ich hoffe, er unternimmt was gegen ihre Verletzung. Dann hätte ich mein Lieblingstuch nicht umsonst geopfert.

Aus dem Augenwinkel nehme ich eine Bewegung wahr. Schräg hinter mir. Mom wedelt mit einem Papiertaschentuch als weißer Flagge und reißt mich aus meinem Gedankenkarussell. »Bist du auch so durchgefroren? Was hältst du zum Einstieg von einem ausgiebigen Bad in einer heißen Quelle?«

»So was gibt's in Reykjavik?«, frage ich nicht direkt lustlos, aber auch nicht grade begeistert.

»Da bestimmt auch«, erwidert Mom gut gelaunt. »Hier gibt's mehr Schwimmbäder als Bäume. Aber heute machen wir erst mal Hafnarfjörður unsicher, dachte ich mir.«

»Hapnawas?«, frage ich.

»Das ist der Ort, in dem unser Hotel steht. Wir sind gleich da.«

Ich drehe mich ruckartig komplett zu ihr um. »Wir wohnen nicht in Reykjavik?«, frage ich alarmiert. Ich wusste es! Und wieder werde ich als Shoppingqueen mit dem geringsten Umsatz und Reisegepäckzugewinn nach Hause zurückkehren. Schlimmer noch! Ich bin ja jetzt schon im Minus!

»Hafnarfjörður hat die größte Elfendichte des Landes, sagt mein Reiseführer.« Mom zwinkert mir verschmitzt zu.

Verarschen kann ich mich allein. Aber das denke ich nur. Mom steht auf Mythologie und solchen Kram. Und wenn ich jetzt das Falsche sage, riskiere ich einen elendig langen Vortrag über all das, was ich selbst vorhin schon gelesen habe.

Gedankenverloren reibe ich mir über den Ärmel. Meine Fingerspitzen prickeln. Das liegt daran, dass das Blut wieder zirkuliert.

Vorhin haben sie das auch schon mal getan. Heftiger. Als ich die Jacke dieses Jungen berührt habe, den niemand sonst gesehen haben will.

Mir läuft ein Schauer über den Rücken. *Du kannst mich sehen?* hallt es in meinem Kopf nach. Ich fühle mich müde und überdreht.

»Eine heiße Dusche ist jetzt genau das Richtige«, sage ich laut, um die fremde Stimme zu übertönen. »Und was zu essen. Ich kann schon gar nicht mehr klar denken.«

»Großmutter? Bist du da?« Sie musste da sein, denn von außen hatte er die kleine weiße Rauchfahne über den Felsen gesehen, die sich zart in den Himmel tastete, bevor der Wind sie zerriss und ein neuer Faden sein Glück wagte.

Kári tastete sich im Schein der Fackel auf dem schlüpfrigen Höhlengrund voran. Die weise Alte hauste allein in dieser Felsenburg. Sie war nicht seine Großmutter. Aber alle nannten sie so, voller Respekt und Ehrfurcht. Niemand erinnerte sich an eine Zeit davor. Sie war schon immer da gewesen, und viele suchten ihren Rat, manchmal sogar die Ratsmitglieder selbst, die weisen Zwölf, die Recht sprachen und das Gesetz hüteten in der Húldu-Ebene. Die Leute sagten, die Kräuterfrau wandele zwischen den Welten und dass man sich gut mit ihr stellen solle. Für gute und für schlechte Zeiten. Doch nach Einbruch der Nacht verirrte man sich besser nicht zwischen den Steinen hier oben. Die windumtoste Einöde war noch viel weiter weg von allem als der abgeschiedene Ort, an dem Kári mit seiner Familie lebte.

Der Junge wusste nicht, was er von all dem Gerede halten sollte. Es gab viele Legenden und Geschichten draußen auf dem Land, wo es keine Dörfer gab, sondern nur vereinzelte Gehöfte. Er würde es nicht wagen, zu viel davon infrage zu stellen. Aber er fühlte sich von Jorúnn angezogen. Er war fasziniert von ihrem Wissen, ihrer Weisheit, und er mochte ihre sperrige Art, die einen milden, warmen Kern umhüllte.

Als Kinder hatten sie sich vor ihr gefürchtet. Vor ihrer in tausend Falten zerknitterten Pergamenthaut und den knorrigen Fingern mit den geschwollenen Gelenken. Sie hatten Angst vor ihren Visionen, davor, verzaubert zu werden, oder dass die Trolle sie fressen würden. Die Eltern redeten ihnen das aus vielen Gründen nicht aus. Für die Erziehung von wilden Jungen in einem wilden Land waren solche Ammenmärchen nützlich. Später erst hatte er das verstanden. Man machte weniger Blödsinn und lernte Respekt. Vor den Naturgewalten – und vor den Ältesten.

Schrullig war Jorúnn jedenfalls, eigenbrötlerisch, ein bisschen verschroben – und heilkundig. Das musste man wohl auch besser sein, wenn man eine solche Höhle der Wärme eines gemütlichen Steinhauses und eines großen Kaminfeuers vorzog. Zu viel Gesellschaft war eindeutig nicht ihr Ding. Darin waren sie beinahe seelenverwandt. Aber vielleicht wohnte Jorúnn auch gar nicht wirklich hier? Nicht dauerhaft? Er vermutete, dass sie noch ein anderes Zuhause hatte, irgendwo im Tal.

Es roch eigentümlich in der Höhle. Nicht modrig, sondern nach Moos und Kräutern, nach trockenem Torffeuer, das ein wenig im Hals brannte, nach Kaffee und ein bisschen nach dem Tran, der die flackernden Lampen am Leben erhielt. Neugierig nahm Kári eins der Gefäße in die Hand, die hier in allen Größen und Formen in Regalen und auf

25

kleinen Tischchen standen. Von den getrockneten Kräuterzöpfen und alten Tontöpfen gingen allerlei seltsame Gerüche aus..

»Großmutter Jórunn?«, rief er noch einmal ins Halbdunkel. Er zog seinen Rucksack mit den Geschenken höher auf die Schulter und kniff die Augen zusammen, in der Hoffnung, dass sie sich dann schneller an das Dämmerlicht gewöhnten. Wo konnte sie stecken? Langsam schlich er näher über den Teppich, der seine Schritte verschluckte. Eine dicke Katze starrte ihn schläfrig aus dem Schaukelstuhl an, streckte sich träge und döste weiter.

Jórunn musste in der Nähe sein, sie hatte einen Kessel auf dem Holzherd stehen, neben der Kaffeekanne, und was immer darin brodelte, würde sie nicht ohne Aufsicht verdampfen lassen.

Einen kurzen Moment lang lauschte er. Er hatte Mánadís nicht festgebunden. Wurde sie unruhig? Wenn die Stute davonliefe, wäre das fatal. Aber warum sollte sie?

Kári hatte ihr erklärt, dass sie warten sollte, und ein bisschen Schnee frei gescharrt, bevor er hineinging, damit die Pferde in der Zwischenzeit fressen konnten. Er hatte eine Stelle mit saftigem Moos gefunden, genug für beide. Denn Gesellschaft hatte seine Freundin schließlich auch. Die lahmende Stute, wegen der er überhaupt hier war.

»Hier bin ich, Söhnchen.«

Kári fuhr zusammen. Wie aus dem Nichts stand die Alte plötzlich neben ihm, lächelte ihn aus wässrigen, aber sehr wachen Augen an. »Hast du es gefunden, da, wo ich gesagt habe?«

Kári nickte. Jórunn hatte ihn nach Keflavik geschickt, zum grauen Steinmann, der alle vor den Trollen schützte, die daran glaubten. Da würde er finden, was die Stute brauchte, um endlich gesund zu werden. Also war er losgeritten. Wenn Jórunn sagte: »Das ist der Ort! Sei

26

da. Zu dieser Stunde«, dann widersprach man nicht. Man fragte auch nicht. Auch nicht, warum er unbedingt das lahmende Pferd den weiten Weg mitnehmen sollte. So war er erzogen worden. Und Jorúnns Mittel wirkten immer. Besser als alles moderne Zeug aus der Stadt.

Kári holte einen kleinen Lederbeutel aus seiner Tasche. »Es war ganz schön schwer«, machte er sich Luft. »Ich meine, die seltenen Kräuter wuchsen genau da, wo du es beschrieben hast. Aber da war so eine … da waren Fremde bei den Steinen. Unachtsam und laut. … und keine Ahnung von —«

Jorúnn wischte seine empörte Rede mit einer Handbewegung fort, und er schwieg betroffen. »Ganz so furchtbar kann sie nicht gewesen sein, oder? Wieso hättest du sonst etwas von ihr behalten?« Sie lächelte ihn liebevoll an, während sie weiter geschäftig um ihn herumstrich. Sie trug Tiegel, Töpfchen und Fläschchen aus verschiedenen Wandregalen und Schränkchen heran, füllte hiervon einen Löffel und davon ein paar Tropfen ab und vermengte alles in einem kleinen runden Steinkrug auf dem Herd. »Außerdem rieche ich Beinwell, und die Idee hattest du nicht selbst. Hast du mir das Wachs mitgebracht?«

Er nickte und reichte ihr das Gewünschte aus seinem Rucksack. Die betagte Kräuterfrau wuschelte ihm aufmunternd durch die Haare, schnitt etwas von dem duftenden Bienenwachs mit in den Krug, und Kári schnupperte verzückt, als sich der Brei im Topf erwärmte und kräuteriger Honigduft den Raum erfüllte.

Die unscheinbaren Pflänzchen, die er ihr aus Keflavik gebracht hatte, hatte sie zuerst beinahe achtlos beiseitegelegt. Doch nun zerrieb sie zwei Halme davon in einem Mörser und rührte sie dazu. Den Rest schlug sie in ein Stück Stoff und legte das Sträußchen behutsam in ein Kästchen unter dem großen, grob behauenen Holztisch.

27

Jorúnn steckte voller Geheimnisse. Sie wusste Dinge, die ihr keiner erzählt hatte, und sie konnte in die Herzen der Menschen spüren. Sie konnte ohne Augen sehen. Sogar die Zukunft, sagte man. Das würde Kári auch gern können. Gedankenverloren berührte er das bunte Halstuch, das aus seiner Hosentasche lugte. Er war immer noch verwundert über die Begegnung. Aber er wollte nicht darüber nachdenken. Nicht hier, wo seine Gedanken ein offenes Buch waren.

Er hatte der Stute den orange-blauen Schal erst abgenommen, als sie vor der Höhle angekommen waren. Der Verband hatte die geschwollene Sehne gut gestützt und gekühlt.

»Das hat er in der Tat«, bestätigte die Alte und lächelte. »Hättest du sie ohne den kühlenden Wickel hierhergebracht, in eurem üblichen Tempo, wer weiß, wie das Bein dann ausgesehen hätte.«

Kári nickte schuldbewusst.

Die Alte lächelte wieder und drehte sich zurück zum Herd, um den Topf mit einem dicken Lappen von der Feuerstelle zu ziehen. Hinter ihrer aufmunternden Geste lag eine Traurigkeit, die er nicht deuten konnte.

Kári wartete stumm, bis sie ihm etwas von dem erkaltenden Gebräu abgefüllt hatte. »Es wird schon werden«, meinte sie vielsagend und drückte dem Jungen die fertige Salbe für sein Pferd in die Hand. »Jetzt geh und bedank dich bei dem Mädchen.«

»Aber das kann ich doch nicht ... Sie ist ...!« Er brach erschrocken ab.

»Was? Eine Fremde?« Die Kräuterfrau sah ihn belustigt über ihre Brillengläser an. »Sind wir das nicht auch – für die anderen? Hier.« Sie pflückte ein paar blühende Kräuter von den Töpfen auf der Fensterbank und gab noch ein paar von denen dazu, die er selbst mitgebracht hatte. »Gib sie ihr. Nimm den Strauß mit, wenn du das nächste Mal ausreitest. Sie wird sie brauchen können. Denk nicht nach, Junge. Tu es einfach.«

Kári nickte, legte ein in Papier geschlagenes Stück Käse und einen frischen Kanten Brot als Dankeschön in den Holzteller und ging. Er hatte kein Wort verstanden.

Die Alte seufzte, schlurfte hinüber zum Schaukelstuhl und setzte sich die Katze auf den Schoß. Sie hatte die Runen über Káris Schicksal befragt, und die Steine hatten zu ihr gesprochen. Sie hatte den Tag gesehen, den Ort und die Stunde. Darum hatte sie den Jungen zum Steinmann geschickt. Nur was dort geschehen würde, das hatte das Orakel ihr nicht verraten. Die Katze räkelte sich unter den knorrigen Fingern der Alten. Sie nickte bedächtig. »Es hat also begonnen«, murmelte sie. »Wir können nichts tun als warten. Also, warten wir. Der Tee ist gleich fertig.«

2. Elfenpüppchen

Unser Hotel liegt im Zentrum von Nichts. Total ab vom Schuss. Im Nirgendwo. Von Landschaft ist hier nicht viel zu sehen. Wenn ich aus dem bodentiefen Fenster schaue, sehe ich hinter dem gigantischen grauen Parkplatz und ein bisschen weißer Wüste die Straße vom Flughafen nach Reykjavik. Ab und zu fährt ein Auto da lang, aber man hört nichts. Dahinter liegt eine Hügelkette mit hineingewürfelten bunten Häuschen. Eine Wohnsiedlung im Randgebiet von Hafnarfjörður. Um ins Städtchen zu kommen, muss man etwa zwei Kilometer laufen. Natürlich haben wir das schon erledigt, sobald wir die Koffer ausgepackt hatten: zwei Kilometer durch den Tiefschnee. Denn vorbildlich geräumt sind nur die Straßen, nicht die Fußwege. Wozu auch? Kommt ja keiner – außer uns. Bürgersteige kann ich nur erahnen. Vielleicht gibt es aber auch gar keine, und wir stapfen in Wirklichkeit über zugeschneite Grünstreifen?

»Ist gar nicht weit«, behauptete der gut gelaunte Isländer hinter dem Tresen der Hotellobby: »Nur der Straße folgen, einmal queren, durch die Unterführung, über die Brücke, den Hügel runter. Dann sehen Sie es schon.«

Mom nickt und drückt mir strahlend meine Fäustlinge in die Hand. Ich ziehe eine Grimasse und schlucke. Was sehen? Ich habe mich eben erst aufgewärmt, und ich bin hundemüde. Wir sind mitten in der Nacht aufgestanden, um diesen Flieger zu kriegen. In der Lobby stehen gemütliche Sitzecken, es gibt einen Automaten mit Tee und Kaffee, Saft und Wasser. Und WLAN. Ich will hierbleiben. Aber Mom marschiert unerbittlich durch die gläserne Schiebetür in die Kälte hinaus. »Hier lang?« Sie schaut kaum über die Schulter. Der Mann am Tresen nickt. Er zwinkert mir zu, bevor die Schiebetür ihn und die Wärme von mir und dem lebensfeindlichen Draußen trennt und er sich wieder seinem Computer zuwendet.

Die Bushaltestelle liegt direkt hinter dem Hotel. Aber das ist Mom zu einfach. Wir stiefeln über einsame Straßen. Kein Tourist weit und breit, und von den Einheimischen ist erst recht keiner so blöd, sich freiwillig draußen rumzutreiben.

Stand im Reiseführer nicht sogar eine Warnung davor, dieses Land und seine Wetterumschwünge zu unterschätzen? Okay, das galt vermutlich eher fürs Hochland, aber trotzdem. »Mom? Bist du dir sicher, dass das hier sicher ist?«, rufe ich dem Rücken im dicken blauen Parka zu. Meine Mutter kämpft sich grade durch einen oberschenkelhohen Schneehügel, um auf die andere Straßenseite zu kommen. »Sind wir wirklich richtig?« Ich habe so was von keinen Bock, hier zu sein, und ihre übertrieben gute Laune macht mich krank. Außerdem muss ich ständig an dieses lahme Pony denken, das mich eigentlich ja überhaupt nichts angeht.

Meine Stimmung hebt sich erst, als wir im kleinen Café in einem Einkaufszentrum sitzen. Hafnarfjörður Downtown. Mom glänzt mit ihrem Reiseführerwissen: Das spricht man Hapnafjörthur aus. Mit englischem »th« wie in »the«. Wir trinken Kaffee, und ich suche mir trotzig ein Stück regenbogenbunten Kuchen aus. Meine Mutter wird bleich, als sie die Rechnung sieht, aber sie geht darüber hinweg. Ich für meinen Teil bin erleichtert, dass das Zeug nicht ganz so süß ist, wie ich befürchtet habe.

Auf dem Weg hierher haben wir schon den Hafen, eine Kirche und das kleine Wikingerdorf besichtigt, und in der Buchhandlung hat sich Mom tatsächlich eine Karte andrehen lassen, auf der angebliche Elfenbehausungen in und um dieses Kaff eingetragen sind. Das Ding sieht aus, als hätte es eine Drittklässlerin gezeichnet, deren Begabung eindeutig woanders liegen muss. Aber Mom dreht und wendet das gefaltete Papier und kichert ab und zu, während sie die Beschreibungen liest.

Ich schaufele den Kuchen in mich hinein und schweige.

Ist es eigentlich normal, dass Mütter in eine alberne kindliche Phase zurückfallen, während man selbst versucht, erwachsen zu werden? Ich meine, vorhin stehen wir stundenlang in dieser Buchhandlung rum: Wieso geht man überhaupt in ein Geschäft, in dem Bücher in einer Sprache verkauft werden, die man nicht mal im Ansatz versteht? Okay, es gab wenigstens eine Souvenirabteilung, und so talentlos, wie wir bei Mitbringseln sind, war die Idee gar nicht schlecht, gleich am ersten Tag einzukaufen. Aber Mom quatschte sich mit den Verkäuferinnen über diese bescheuerte Elfensache fest. Und in den Regalen stand nichts außer Trollen, Ponys und – ernsthaft – Lavaklumpen in allen Größen und Preisklassen. Kitsch as Kitsch can! Klischeeschock pur!

Aus purer Langeweile fange ich an, mit ein paar Elfenfigürchen und Plastikislandponys herumzuspielen und sie über Lavaklumpenaschenbecher und Tassen mit Islandflagge springen zu lassen. Natürlich mit der dazugehörigen Geräuschkulisse – Wiehern, Trappeln, Dialoge – das volle Kleinkindprogramm. Vielleicht findet Mom das ja peinlich genug, um den Laden endlich zu verlassen? Aber Fehlanzeige. Sie ist so vertieft, dass sie nichts mitbekommt. Oder aber ich bin ihr so peinlich, dass sie tut, als kenne sie mich nicht. Hmpff. Dann wäre der Schuss nach hinten losgegangen. Aber es kommt sogar noch schlimmer!

Statt Mom steht nämlich plötzlich eine ältere Dame mit geflochtenem Silberzopf neben mir und berührt meinen Ärmel. Ich zuckte zusammen. In meinen Gedanken war ich bei meinem Halstuch, wo immer es grade sein mochte, und eben habe ich das Elfenpüppchen lautstark jammernd vom Pferd fallen lassen: »Aua, au!« Tja. Zicke! »Das kommt davon, wenn man sich auf ein lahmes Pony setzt. Mach das nicht noch mal, du!«

Kriege ich jetzt einen Anschiss? Die Isländerin sieht mich einen Moment lang geradezu furchteinflößend an, aber dann wirkt ihr Blick plötzlich besorgt. Sie flüstert auf Englisch: »Es ist nicht ganz ungefährlich, wenn man die Aufmerksamkeit der Unsichtbaren auf sich zieht. Sei vorsichtig, Kindchen. Nicht damit spaßen.« Damit nimmt sie mir das Elfenpüppchen ab, setzt es beinahe ehrfürchtig wieder ins Regal und kehrt zurück zu einem kleinen Korbsessel am Fenster, wo sie sich augenblicklich wieder ihrer Lektüre zuwendet.

Isländer sind ein komisches Volk.

»Mom? Können wir jetzt gehen?« Ich ziehe meine Jacke fester um mich. Auf einmal fröstele ich.

Endlich schiebt Mom die Elfenkarte in ihre Handtasche. Sie strahlt mich an. »Soll ich dir verraten, was wir morgen machen werden?« Ich zucke mit den Schultern und scrolle mich durch meine WhatsApp-Nachrichten. »Baden in heißen Quellen? Das kannst du knicken. Ich kriege meine Tage.«

Und das ist überhaupt das Allerätzendste im Moment! Abgesehen von den zwei Kilometern Schneewanderung zurück zum Hotel natürlich.

»Na gut, dann gehen wir heute noch schwimmen!«, zwitschert Mom fröhlich, und kaum haben wir das Hotel erreicht, plaudert sie bereits wieder an der Rezeption und lässt sich von dem gutmütigen Mann hinter dem Empfangstresen den Weg erklären.

Ich lasse meinen Rucksack auf das kleine Sofa in der Lobby plumpsen und durchquere den Raum, magisch angezogen vom Heißgetränkeautomaten. Mein Finger gleitet an den beschrifteten Knöpfen hinab. Will ich Kaffee, Cappuccino, Latte, Kakao, Espresso oder Moccocino? Oder lieber einen Chai Latte? Oder ganz normalen Tee oder warme Milch mit Honig? Neben dem Kasten mit gefühlten zwanzig Teebeutelsorten stehen noch zwei Kannen mit Säften und Zitronenwasser. Ich beschließe, mit einem heißen Kakao anzufangen, und rühre mir ordentlich Zucker hinein. Dann geselle ich mich zu meinem Rucksack auf die Lobbycouch. Plumps.

Plumps.

Mit einem wohligen Seufzen und fünf Prospekten lässt sich Mom neben mich fallen. »Au ja. Ich hol mir auch erst mal was Warmes«, verkündet sie.

»Wird das jetzt die ganze Zeit hier so weitergehen?«, frage ich angefressen, als sie wieder da ist.

»Was?«, fragt sie unschuldig und sieht mich über den Rand ihrer Kaffeetasse an.

Ich halte anklagend die Flyersammlung hoch: Golden Circle Tour, Blaue Lagune, Vulkane und Gletscher Islands … »Na, diese Touristenhetzerei, von einem Event zum nächsten.«

»Aber Schätzchen.« Sie streicht mir über den Kopf. »Wir sind ja grade erst angekommen! Fünf Tage gehen irre schnell um und wir wollen doch so viel viel wie möglich von dieser zauberhaften Insel sehen, oder?«

»Ich hab gleich am nächsten Tag wieder Schule, wenn wir zu Hause sind. Ich möchte mich erholen und auch mal ausschlafen, Mom! Ich brauch das! Also spuck's schon aus. Was hast du morgen mit mir vor?«

Sie geht überhaupt nicht auf meine Frage ein. »Ach, Schlafen! Wird das nicht überbewertet?« Meine Mutter grinst mich an, trinkt aus und steht schon wieder auf. Dieser Tatendrang ist mir unheimlich. Ich werde das Gefühl nicht los, dass sie irgendwas im Schilde führt. Und dass ich nicht alles gut finden werde, was sie auf ihrer heimlichen Agenda hat.

»Na, komm schon, du Couchkartoffel. Das nächstgelegene Schwimmbad ist um die Ecke, und in unserem Voucher steht, der Eintritt ist im Reisepreis drin. Das müssen wir ausnutzen, oder? Ich verspreche dir: Da darfst du dich dann einfach entspannen! Ich werde dich nur anquatschen, wenn du einschläfst und im heißen Wasser unterzugehen drohst. Okay?«

Es ist eins von diesen typischen mütterlich-rhetorischen Okays. Keine Frage. Eher eine Feststellung. Ein verstecktes Kommando. Ich versuche also gar nicht erst zu widersprechen, sondern raffe mich und meinen Rucksack auf und folge ihr auf unser Zimmer, um umzupacken. Badesachen also. Bringen wir's hinter uns. Und zugegeben: Heiße Quellen sind jetzt eigentlich genau das Richtige.

Es bleibt beschwerlich. Zwar ist das Schwimmbad tatsächlich nur einen Katzensprung entfernt und der Schnee auf dem Fußweg ist derart festgetreten, dass es sich wie auf einem Teppich läuft, aber an der Kasse gibt es eine Diskussion, und Mom hält kurzfristig die ganze Schlange hinter uns auf.

Am Ende stellt sich heraus, dass der Reiseveranstalter gelogen hat. Wir müssen ganz normal Eintritt zahlen. Aber im Gegensatz zu allem anderen auf dieser Insel ist Schwimmen in Island offenbar ein Schnäppchen. »Drei Euro«, feixt Mom und wedelt glücklich mit unseren Spindschlüsseln. Ich trotte ihr brav hinterher.

Auf den ersten Blick bin ich ein wenig enttäuscht. Das hier sieht aus wie ein ganz normales deutsches Hallenbad. Mit einem Unterschied. Es ist supersauber, und es stinkt kein bisschen nach Chlor. Zu schade, dass ich mein Handy mit den Klamotten im Schrank eingesperrt habe. Denn diese isländischen Duschregeln sind zu drollig. An jeder Ecke der Sammeldusche für Damen ist ganz ausführlich in Bildern und mehrsprachigem Text erklärt, wie man welche Körperteile gründlich einseift und dass es streng verboten ist, ungewaschen die heiligen Hallen zu betreten.

Um mich herum wuseln splitterfasernackte Isländerinnen in allen Größen, Altersgruppen und Formen und tun, was auf den Schildern steht. Ich glaube, wir sind die einzigen Ausländerinnen hier. Mom und ich verstehen kein Wort von dem lebhaften Geschnatter und stehen ein bisschen verloren herum, eingewickelt in unsere Handtücher.

»Na dann«, sagt meine Mutter achselzuckend, zwinkert mir zu und zieht sich aus. »Erfüllen wir mal die Auflagen!« Sie legt Handtuch und Badeanzug in eins der Regale und schlendert suchend in den Nassbereich.

Notgedrungen tue ich es ihr gleich und haste unter die nächstgelegene Dusche. Himmel. Ich bin in der Pubertät. Da darf man sich ja wohl noch ein bisschen genieren, oder? Ein kleines Mädchen starrt mich mit großen Augen an und bohrt sich selbstvergessen im Bauchnabel. Mom kichert. »Vielleicht hält sie dich für eine Elfenprinzessin mit deinen grünen Haaren.«

Nachdem ich den isländischen Sauberkeitsstandards genüge, schlüpfe ich erleichtert in meinen Bikini. Wir sind die Einzigen, die ihre Handtücher in die Schwimmhalle mitnehmen. Aber das ist mir egal. Dieser drei viertel Quadratmeter Baumwolle gibt mir wenigstens ein kleines bisschen Sicherheit. Prüfend halte ich meinen großen Zeh ins Schwimmbecken. Angenehm!

In einem plötzlichen Anfall von Bewegungslust klettere ich ins kühle Nass und ziehe ein paar Bahnen. Es hat die perfekte Temperatur und – es fühlt sich weich an auf der Haut. Ich glaube, ich bin noch nie in so sauberem Wasser geschwommen, und es riecht … ich atme mit geschlossenen Augen ein … einfach nur nach Wasser. Wow. Fetter Sympathiepunkt für die Wikinger.

»Na?« Moms abenteuerlicher Hocksteckdutt taucht neben mir auf. »Hab ich dir zu viel versprochen? Und das Beste kommt noch. Bereit?!« Ich nicke und gleite ihr hinterher, als sie die Leiter ansteuert und aus dem Pool klettert. Sie lotst mich vorbei am Nichtschwimmerbad und dem Planschbereich. Auch zwei quadratische Becken, in denen ein paar ältere Herrschaften und eine Schwangere dösen, lassen wir links liegen. Mom strebt zielgerichtet zu einer doppelten Glastür, die uns vom Freigelände trennt.

Echt jetzt? Da draußen sind minus zehn Grad! Doch dann sehe ich zwei in den Boden eingelassene Warmwasserbecken: Hot Tubs! Über den gekachelten Wannen steht eine satt dampfende Dunstglocke. Eigentlich hatte ich mir isländische Thermalquellen ja irgendwie anders vorgestellt. Mit Naturstein und Höhle und so. Aber egal. Wir stellen unsere Badelatschen neben die anderen, und ich reiße die Tür auf. Huh! Jetzt verstehe ich, warum da eine Schleuse ist. Als ich die zweite Tür öffne, haut es mich fast um. Jetzt bin ich diejenige, die es eilig hat. »Na, komm schon, Mom. Beeil dich!«

Bei meinen nächsten Schritten fällt mir etwas Lustiges auf. Der gepflasterte Weg zu den Hot Tubs hat offenbar Fußbodenheizung. Warme nackte Füße bei minus zehn Grad. Die spinnen wirklich, die Isländer. Und das finde ich großartig! Meine Begeisterung ist komplett, als ich mich vorsichtig die Stufen ins heiße Wasser hinuntergleiten lasse. Die eisige Luft riecht nach Schnee und Eis mit einem Hauch Schwefelaroma. Vom Hals an abwärts ist es wohlig warm. Mein Blick gleitet in die Landschaft hinaus. Gleich hinter dem Freigelände liegt eine weite Ebene, und am Horizont zeichnet sich eine Hügelkette ab. Irgendwo da draußen sind Tausende von halbwilden Pferden. Eins davon trägt mein Lieblingshalstuch. Na ja, inzwischen vermutlich nicht mehr. Ich hoffe, dass es schnell gesund wird.

Die Sonne ist schon untergegangen, und über den schneebedeckten Gipfeln färbt sich der Abendhimmel in einem unglaublichen Farbenspiel. Herrlich! So kann's bleiben.

Island. Ich bin bereit, mich mit dir zu versöhnen.

Und mit Mom.

Irgendwann müssen wir leider doch aus dem Wasser raus, wenn wir nicht im Stockdunklen im Hotel ankommen wollen. Ich bin so verschrumpelt wie eine vergessene Kartoffel im Küchenschrank, aber ich fühle mich spitzenmäßig. Ich kann sogar mit Mom darüber lachen, dass unsere Handtücher, die wir als Einzige mit nach draußen geschleppt und übers Geländer gehängt haben, natürlich komplett steif gefroren sind.

»Doofe Touristen«, gluckse ich und trippele ihr hinterher in die Schwimmhalle. Bis die Handtücher auf einer der Steinbänke mit integrierter Heizung auftauen, dümpeln wir noch ein wenig im Nichtschwimmerbecken herum, und ich beobachte heimlich Menschen. Keiner guckt blöd. Man lächelt freundlich. Keine Ahnung, was ich erwartet habe. Schilder, Schwerter und Wikingerhelme eher nicht!

Das Schwimmbad ist ziemlich gut besucht, aber der Lärmpegel hält sich in Grenzen. Mir fällt auf, dass die Leute rücksichtsvoller miteinander umgehen als bei uns, egal, wie alt sie sind. Vom Greis bis zum Kleinkind – Schwimmen scheint so eine Art Volkssport zu sein hier oben. Irgendwas muss man wohl tun, wenn es das halbe Jahr dunkel und kalt ist draußen.

»Wollen wir noch mal ins Thermalbecken?«, frage ich.

Mom schielt mit zusammengekniffenen Augen zur Uhr. Sie braucht dringend eine neue Brille. »Na gut«, sagt sie. »Das haben wir uns verdient. Und dann schauen wir mal, was die Hotelküche so an Abendessen zu bieten hat. Okay?«

Ich bin mehr als einverstanden. Jetzt, wo sie es sagt, wirft mein Magen direkt knurrend den Motor an.

Und er wird nicht enttäuscht. Eine halbe Stunde später vertilge ich schmatzend den größten Veggieburger meines Lebens mit Pommes und Salat. Mom gönnt sich den Luxuspreisen zum Trotz ein irre teures Glas Rotwein, und ich nuckele glücklich an meiner Lieblingssorte Eistee.

»Urlaub«, flüstert meine Mutter zufrieden, als sie ihren leeren Teller von sich schiebt, und ich nicke.

Gar nicht so schlecht, diese Insel. Gar nicht so schlecht.

Natürlich können wir beide noch nicht gleich einschlafen. Im Schlafanzug flezen wir uns auf dem Doppelbett, in das man mindestens zehn Zentimeter einsinkt, und wühlen uns durch diverse Prospekte.

»Wollen wir nicht das Licht ausmachen?«, schlage ich vor. »Hier steht, dass man die Nordlichter am besten sehen kann, wenn die Augen sich an die Dunkelheit gewöhnt haben.«

»Hmm«, macht meine Mutter abwesend. Sie brütet schon wieder über der überteuerten DIN-A3-Kindergartenzeichnung von Hafnarfjörður und knetet ihre Unterlippe mit Daumen und Zeigefinger, wie sie es immer tut, wenn sie nachdenkt. »Was hast du gesagt?« Mit einem Finger markiert sie einen Punkt auf der Karte, dann sieht sie fragend zu mir hoch.

Ich seufze und hole Luft, aber anscheinend bin ich doch zu ihr durchgedrungen. »… ach so … nein. Das bringt nichts. Es ist zu bewölkt. Da sieht man nichts. Drück mal die Daumen, dass es morgen Nacht besser ist. Ich hab uns da was gebucht.« Sie zwinkert mir zu.

»Na, sag schon«, dränge ich aufgeregt.

Mom setzt sich lächelnd zurecht. »Wir fahren mit dem Boot raus! Aber die legen nur ab, wenn die Vorhersage gut ist.«

»Cool«, erwidere ich.

»Jupp.« Mom wendet ihre Karte, um in der Legende die entsprechende Erklärung für ihre Fingermarkierung zu finden. »Spannend«, sagt sie. »Direkt beim Hotel scheint es eine Elfensiedlung zu geben, steht hier. Wollen wir da morgen mal hingehen?«

Ich ziehe die Augenbrauen hoch. Unauffällig schiele ich auf die Elfenkarte. »Du glaubst nicht wirklich daran, oder?«

Mom hebt die Schultern und sieht mich an. »Ist doch egal! Ich finde allein die Vorstellung süß! Du nicht?«

Ich muss an die Frau in der Buchhandlung denken. In meinem Magen klumpt sich der Veggieburgerpommessalatbrei zusammen. »Ich weiß nicht«, sage ich. Und das ist die Wahrheit.

»Entspann dich, Elin«, ruft sie übermütig und gibt mir einen leichten Schubs. »Du musst dich entscheiden: Bist du nun zu alt für Ponys oder für Elfen? Nur eins geht!«

Ich stöhne. »Sag mir lieber, was wir morgen machen, damit ich mich drauf einstellen kann.«

»Nun«, antwortet sie und macht eine dramatische Pause. »Wir werden draußen sein, wir müssen früh raus, ich bin mir noch nicht sicher, wie du es finden wirst, aber ich hoffe, du wirst begeistert sein. Und jetzt: Licht aus.«

Ich stöhne noch mal. Aber meine Mutter hat sich in den Kopf gesetzt, mich zu überraschen, und leider habe ich meinen Dickschädel von ihr geerbt.

Es war noch dunkel, als Kári wach wurde. Seit ein paar Tagen schlief er auf dem Heuboden über dem Stall. Er war für die Versorgung und Pflege der Pferde zuständig, und er nahm seine Aufgabe sehr ernst. Jetzt, da eins krank war, wollte er umso mehr in ihrer Nähe sein, Tag und Nacht.

Die Wärme und der Geruch der Tiere stiegen zu ihm nach oben, schenkten ihm Geborgenheit und ließen ihn angenehm träumen. Normalerweise. Aber jetzt herrschte Unruhe unter ihm. Mánadís trappelte in der Winterbox herum, und die Schafe in den Buchten neben ihr reagierten mit unsicherem Blöken. War etwas mit Blika, der verletzten Stute? Oder mit dem Jungpferd? Schlich draußen vielleicht ein Polarfuchs herum und erschreckte die Tiere?

Wirklich gefährliche Raubtiere gab es nicht auf Island. Früher kam nur einmal in vielen Jahren ein ausgehungerter Eisbär auf einer abgebrochenen Eisscholle aus Grönland angetrieben. In den letzten Wintern hatten sich diese Vorfälle allerdings gehäuft. Das letzte Mal, als ein Eisbär die Jäger mobilisiert hatte, war erst ein paar Monate her.

Kári zündete die kleine Stalllampe an, streifte sein wollenes Schlafzeug ab, schlüpfte in Hemd und Hose und zog Pullover und Stiefel über. Waschen würde er sich später. Jetzt wollte er nachsehen, was der Grund für die Aufregung war, und dann konnte er auch gleich füttern. Ein Blick aus dem winzigen Dachfenster auf den wolkendurchzogenen Sternenhimmel verriet ihm, dass die Dämmerung kurz bevorstand.

43

Seine Augen stolperten über das Halstuch des fremden Mädchens, das er über die Stuhllehne gehängt hatte. Er hatte es ausgewaschen, und es war inzwischen getrocknet. Er steckte es in seine Hosentasche und kletterte die schmale Holzleiter hinunter.

Als die Schimmelstute ihn sah, brummelte sie leise und schlug mit dem Huf gegen die halbhohe Boxentür. »Ich lass dich gleich raus«, versprach der Junge und öffnete stattdessen die benachbarte Stalltür. Blika belastete alle vier Hufe gleichermaßen. Endlich. Kári ging zu ihr hinein, hockte sich ins Stroh und streifte behutsam mit der Hand das verletzte Bein ab. Es fühlte sich merklich weniger dick und heiß an. Die Schwellung war quasi über Nacht zurückgegangen. Erleichtert richtete er sich auf und tätschelte der windfarbenen Stute den Hals. »Jetzt wird alles gut, mein Mädchen. Du bist über den Berg.«

Dann wandte er sich wieder an Mánadís. »Was ist los? Was hast du?« Die Schimmelstute tänzelte vor der Boxentür hin und her und drückte mit der Brust dagegen. Kári baute sich mit verschränkten Armen vor ihr auf. »Willst du so dringend raus? Hast du Hunger? Oder einfach nur Langeweile? Mir liegt das Eingesperrtsein auch nicht. Aber du musst zumindest warten, bis ich die Schafe gefüttert habe, hörst du? Dann sehen wir mal, was das Wetter macht.«

Er beeilte sich und verteilte Heu und frisches Stroh, sah überall nach dem Rechten und lief dann zum Brunnen hinüber, um sich zu waschen und die Zähne zu putzen. Kein Eisbär weit und breit. Beinahe war er ein wenig enttäuscht.

In seinem Elternhaus brannte bereits Licht. Seine Mutter war anscheinend ebenfalls durch den Lärm der Tiere wach geworden. Aber wie sollte sie das gehört haben? Dann erinnerte er sich, dass Markttag war. Natürlich. Wer gute Einkäufe machen wollte, musste früh raus.

Der Weg nach Hafnarfjörður war weit mit dem Schlitten zu Fuß durch den Schnee. Blika fiel als Zugpferd aus, und Mánadís war noch nicht eingefahren.

Die Stute wieherte ungeduldig. Kári presste die Lippen aufeinander und sah sehnsüchtig zum Küchenfenster, hinter dem sicher schon ein ordentliches Frühstück zubereitet wurde. Mánadís brauchte Bewegung. Er hatte es ihr versprochen, und der Himmel sah ganz danach aus, als würde es bald einen heftigen Schneesturm geben. Wenn er sich beeilte, konnte er der Stute geben, was sie so ungestüm forderte, und rechtzeitig zurück sein, bevor es richtig losging. Der warme Haferbrei würde dann umso besser schmecken.

Seufzend kehrte er seinem Frühstück den Rücken und rannte über den knirschenden Schnee in den Stall zurück. Er sollte die Kräuter mitnehmen, das nächste Mal, wenn er ausritt, hatte Jorúnn gesagt.

3. Leben und Lügen

Mom schafft es tatsächlich, dichtzuhalten bis zum nächsten Morgen. Der Wecker klingelt unerbittlich früh. Ich habe geschlafen wie ein Stein. Im ersten Moment denke ich, die Vorhänge wären zugezogen, aber am Ende der Welt herrscht im Winter eine natürliche rabenschwarze Nacht, sobald die Lichter aus sind.

Als ich meine Füße auf den moosweichen Teppich setze, belehrt mich meine Mutter eines besseren, und zwar gleich doppelt. Ich kneife die Augen zusammen, als sie sich aus dem plötzlichen grellen Lichtkegel der Badezimmertür löst und auf einen Knopf drückt. Ein leises Surren fährt die Außenjalousie hoch, und ich stelle fest: Entweder haben Isländer Angst im Dunkeln, oder sie machen sich drüber lustig, dass überall sonst auf der Welt Energie gespart wird. Sämtliche Straßenlaternen brennen offensichtlich die ganze Nacht gegen die Polarschwärze an und tauchen wirbelnde Flocken und die frische Schneedecke in ein leuchtendes warmorangefarbenes Licht. Sogar auf der Landstraße. Unfassbar.

»Einen wunderschönen ersten guten Morgen in Island, Elin!«

Ich brumme irgendwas sehr viel Kürzeres und hangele nach meinem Handy. Sonnenaufgang 10.17 Uhr, Sonnenuntergang 17.12 Uhr. Meine Wetter-App zeigt minus 13 Grad an und warnt vor Sturm, und ich habe 43 neue Chatnachrichten.

»Wir fahren aber nicht mit einem Schiff Wale suchen, oder?«, frage ich skeptisch. Auf dem Schreibtisch in unserem Zimmer habe ich diverses Werbematerial für Walbeobachtungsfahrten gesehen. Das stelle ich mir bei solchem Wetter ziemlich übel vor – im doppelten Wortsinn.

Meine Mutter streckt den Kopf aus der Badezimmertür und antwortet mit Zahnbürste im Mund. »Erst morgen!«, blubbert sie gut gelaunt. »Zieh dich warm an. Wie gesagt, wir sind draußen unterwegs.«

»Es gibt Sturm«, sage ich skeptisch. »Wollen wir nicht lieber hierbleiben?«

Mom spült sich den Mund aus, stemmt die Arme auf die Hüften und droht mir spielerisch mit ihrer Haarbürste. »Du hast versprochen, kein Spielverderber zu sein.«

Hab ich. Mist. Also würge ich meine Bedenken hinunter und greife nach meiner Jeans.

»Skiunterwäsche!«, mahnt Mom und bewirft mich nicht nur damit, sondern auch gleich noch mit Handschuhen, Schal und Mütze. »Wir sind in Island!«

»Ich weiß«, krächze ich. Wie kann man morgens um halb sieben schon so gute Laune haben?!

Meine Stimmung hebt sich schlagartig, als wir beim Frühstück sitzen. Frisches Obst, zehn verschiedene Müslisorten, warmen Haferbrei, Joghurt, Aufstriche, Wurst, Käse, unterschiedliches Brot und Brötchen, Fisch und Ei – und es schmeckt so gut, wie es aussieht. Mein Magen und ich sind begeistert. Friedlich proste ich Mom mit meinem Kakao zu und checke den Raum. Der Multifunktions-Speisesaal ist von der Lobby nur durch stylische Blumenkübel abgeteilt. Er dient zwischendurch als Loungebereich und abends als Restaurant. An der Wand hängen überdimensionale Bahnhofsuhren, die für verschiedene Zeitzonen zuständig sind: Berlin, Tokio, New York, Moskau, Anchorage, Neu-Delhi und Sydney. Trotz der frühen Stunde sind außer uns noch andere Gäste hier. Drei Tische sind mit Asiaten besetzt. Ein Pärchen, eine gemischte Clique und ein älteres Ehepaar. Ich bemühe mich, nicht zu starren, denn obwohl sie offenbar nicht zusammengehören, haben sie sich klamottentechnisch scheinbar abgesprochen: Pantoffeln und Schlafshirt beziehungsweise Nachthemd und darüber – Winterjacke?! Mom lacht, als sie meinen Blick sieht. »Andere Länder, andere Sitten. Bist du fertig? In fünf Minuten werden wir abgeholt.«

Ich nicke. »Und du verrätst mir immer noch nicht, wohin es geht?«

Sie schüttelt den Kopf. »Überraschung!«

»Na gut!« Ich lächele. Was so ein voller Magen und eine Runde Schlaf doch ausmachen.

Ich weiß nicht, was ich erwartet habe. Vielleicht so eine standardtouristische Golden-Circle-Rundreise oder Schwefelquellen und spuckende Lava. Einen Trip zu irgendwelchen Wasserfällen, Grotten oder Vulkanen. Ich hätte ihr sogar eine Einladung zum Kaffee bei Björk zugetraut und wäre auch, ohne zu murren, in ein Wikingermuseum mitgekommen oder zu einem Klassikkonzert in dieses berühmte Operndings »Harpa« in Reykjavik, das noch viel bombastischer sein soll als die Elbphilharmonie in Hamburg.

Aber dass sie mir das antut.

Und ernsthaft erwartet, dass ich mitmache.

Obwohl ich ihr tausendmal gesagt habe, dass das Thema durch ist für mich.

Ich bin aus dem Alter raus.

Für immer!

Ich ahne es in dem Moment, als ich den Fahrer rieche.

»Was hast du vor, Mom? Wohin fahren wir?« Wir stehen vor einem Kleinbus, der mit laufendem Motor darauf wartet, dass meine Mutter ihren störrischen Teenager hinein verfrachtet. Der Typ am Steuer lächelt freundlich.

Meine Mutter grinst gequält zurück. »Just a moment please.«

»Mom. Der Mann stinkt nach Pferd. Er hat Stallschuhe an«, zische ich sie an, sobald er zurück auf den Fahrersitz geklettert ist. Beinahe erwarte ich, dass sie die Hände aus den Jackentaschen nimmt, albern »Überraschung!« ruft und mich mit Konfetti bewirft. Tut sie aber nicht.

Sie schließt nur für einen Moment die Augen. Das tut sie immer, wenn sie sich sammelt, um nicht loszubrüllen.

Ich schiebe das Kinn vor und rüste mich für ihren nächsten Blick. »Und deswegen steigst du nicht in einen Bus? Elin, wir sind in Island! Hier gibt es mehr Pferde als Einwohner! Früher hast du den Geruch nicht als Gestank bezeichnet.«

»Das ist mir egal, Mom. Das Thema ist für mich durch. Wie oft denn noch?«

»Und was war das gestern mit diesem Jungen und seinen Ponys? Wir sind kaum gelandet und keine fünfzig Meter weit gekommen, da hast doch *du* selbst dieses Thema wieder aufgebracht.« Sie reißt in gespielter, bühnenreifer Hilflosigkeit die Arme hoch, und das macht mich noch wütender. Ich weiß selbst, dass ich damit noch immer nicht abgeschlossen habe und überreagiere. Das muss sie mir nicht ständig aufs Brot schmieren.

»Der Junge hat *mich* aufgebracht. So geht man nicht mit seinem Pferd um!«, widerspreche ich.

Mom lässt die Schultern hängen. »Dann sag mir, was ich tun soll. Offenbar hab ich die Gebrauchsanleitung für stimmungs-schwankende Teenager zu Hause vergessen.«

Ich werte das als Friedensangebot, und keine Ahnung, warum, aber ich falle darauf herein. »Lass mich einfach in Ruhe«, brum-me ich und klettere großzügig in den Bus. Vielleicht wird es ja gar nicht so schlimm. Vielleicht hat sie einfach eine Schlittenfahrt geplant, oder wir besichtigen eine Schaffarm, und ich rege mich wirklich völlig umsonst auf. »Verdammt kalt hier draußen.«

Sie bleibt stehen.

Ich atme geräuschvoll aus. »Na, komm schon.«

»Elin, ich …« Mom bricht ab. Jetzt sieht sie wirklich bedrückt aus.

Unterwegs gabeln wir noch zwei Gäste auf. Das heißt, wir steuern zwei weitere Hotels an. Auf die Weise bekommen wir das erste Mal Reykjavik zu sehen, inklusive einer Gratis-Stadtrundfahrt. Unser Fahrer heißt Ole, er ist sehr gesprächig und supernett. Unse-re streitlustige Stimmung verfliegt im Nu. Ole ist Schwede und schon seit drei Jahren hier.

Zu meiner Überraschung plaudert Mom auf einmal locker da-rüber, dass sie sich das vor meiner Zeit auch gut hätte vorstellen können. Auswandern nach Island oder Schottland. Wusste ich gar nicht. Und – vor meiner Zeit, wie das klingt. Als ob sich in ihrem Leben alles nur noch um mich drehen würde. Als ob sie ständig auf mich Rücksicht nähme. Als ob. Natürlich weiß ich, irgendwo in mir drin, dass sie genau das tut. Dass sie es gut meint, bla, bla. Aber warum trampelt sie dann ständig auf meinen Gefühlen herum? Ich starre zum Fenster hinaus. Ganz allmählich wird es hell. Dem beständigen Rütteln an unserem Kleinbus und den Schneeverwehungen nach zu urteilen, die unsere Fahrt immer mal wieder ausbremsen, wird der Sturm stärker. Hab ich ja gesagt!

Seit anderthalb Stunden gurken wir inzwischen im Schneckentempo über Land, vorbei an Gewächshäusern und Einsiedeleien und dazwischen – ein schneebedecktes Nichts aus Lava und Geröll, immer mal wieder zu Steinhaufen ähnlich dem am Flughafen aufgeschichtet. Mom lächelt Ole an. Vollkommen unbeschwert. Flirtet sie etwa mit dem? Ich lehne mich nach vorn, um etwas zu sagen. Wann wir endlich da sind oder so.

Da erstarre ich in der Bewegung. Vor uns taucht ein flacher Gebäudekomplex auf. Lang gezogene Rechtecke, in die Talsohle einer Hügelkette geduckt. Ole setzt den Blinker und biegt auf einen größtenteils unter Schnee und Eis verborgenen Schotterweg ab. Aber auch wenn draußen fünf Meter Schnee liegen würden – ich erkenne einen Pferdehof, wenn ich ihn sehe. Das hier ist keine Schaffarm. Und hier geht es auch nicht um eine Schlittenfahrt. Teenagermarotten also, ja? Bin ich wirklich so blind und blöd gewesen? Ich hätte nie in diesen Bus steigen dürfen. »Mom?« Ich weiß, dass meine Augen schreckgeweitet sind.

Ihr Blick spiegelt meinen, in der Sekunde, als sie mich ansieht. Ole plappert munter weiter. Er erklärt allen, dass wir gleich da sind, und heißt uns willkommen auf dem Anwesen, dessen unaussprechlichen Namen ich gleich wieder vergesse.

Sitzen bleiben ist offenbar keine Option.

Draußen erwarten uns zwei bis zur Nasenspitze in Polareinteiler gemummelte Gestalten. Erst als sie zu sprechen beginnen, kann ich sie in ihren Schneeanzügen als weiblich identifizieren. Sie fordern uns auf, ihnen nach drinnen zu folgen. Mom will sich in Bewegung setzen und der Herde folgen, aber ich halte sie am Arm zurück.

Der Wind treibt mir eisige Schneeflocken ins Gesicht. Es sticht wie Nadeln. Aber ich bleibe stehen. Von mir aus könnten wir beide gepflegt hier draußen erfrieren.

»Elin, bitte. Du hast es versprochen.« Sie sieht verzweifelt aus.

»Nein, Mom.« Ich blitze sie an. »*Das* habe ich nicht versprochen. Aber du hast *mir* versprochen, dass du mich damit endlich in Ruhe lässt … Du hast mich angelogen!« Die letzten Worte kreische ich beinahe. Meine Mutter schüttelt langsam den Kopf. »Nein, habe ich nicht.« Sie bleibt ruhig, ignoriert meine geballten Fäuste. »Elin. Gib dir doch eine Chance.«

»Ich? Mir?« Mir bleibt die Spucke weg. Mein Herz rast, und mein Kopf rauscht. Mühsam beherrsche ich mich, nicht laut loszubrüllen. »Wozu? Ich hab ein Pferd gehabt. Und jetzt werde ich sein wie alle anderen in meinem Alter. Wir spielen nicht mehr mit Puppen. Wir glauben nicht mehr an den Weihnachtsmann. Wir gehen nicht mehr in den Reitstall, und ich habe keine Ahnung, was du hier für eine Nummer abziehst.«

53

»Du belügst dich doch nur selbst, Elin.« Mom sieht mich nur an, und mir schießen die Tränen in die Augen.

»Ich kann das nicht, Mom. Und ich will das auch nicht.«

»Hi. My name is Theres.«

Ich wische mir schnell übers Gesicht. Eins der für uns abgestellten Pferdemädels ist zurückgekommen und fordert uns nachdrücklich auf, ihr nach drinnen zu folgen. Sofort. Wahrscheinlich hat sie Angst, dass wir im heftigen Schneegestöber verloren gehen. Erfrorene Touristen machen sich bestimmt nicht so gut in der Hofwerbung.

»You have riding experience?«, brüllt sie mich gegen die Windgeräusche an.

»Wir können ruhig deutsch reden«, schreie ich zurück, dankbar für den Sturm, der mir ein Ventil schenkt, weil mir wirklich nach Schreien ist, und schlüpfe hinter ihr durch die schwere Stahltür, die eine Böe uns fast aus der Hand schlägt. Ihr Akzent klingt österreichisch, und ich liege richtig. »Hab ich mir eh denkt«, erwidert Theres mit breitem Grinsen. Als die Tür hinter Mom zuknallt, ist der Lärm draußen schlagartig auf ein leises Hintergrundsäuseln gedrosselt. Trotzdem frage ich mich, ob wir nicht besser bei Englisch geblieben wären. »Oisso. Wie is mit dem Reitn? Bist schon mal galobbierd?« Sie mustert mich neugierig. Ich nicke.

Mein Herzschlag setzt einen Moment aus. Eine Erinnerung holt mich ein, so plastisch, als würde es eben gerade passieren.

Ich sitze auf Sahara, spüre ihre Körperwärme, jede Faser ihrer Muskeln unter mir. Kein Sattel trennt uns. Wir fliegen über ein Stoppelfeld, und die Abendsonne taucht ihre Mähne in einen warmen Kupferton. Ihre Hufe trommeln rhythmisch auf dem staubigen Ackerboden, und darunter knicken raschelnd die stehen gebliebenen Strohhalme. Ich höre den schnaubenden Atem meines Arabermädchens. Mein Herz schlägt im selben Takt. Ich fühle mich lebendig. Frei wie der Wind. Und ich spüre, ihr geht es ebenso.

Keuchend schnappe ich nach Luft.

Das war, eine Woche bevor sie …

»Elin?« Mom sieht mich an. Theres ist verschwunden.

Auf einmal stehen wir in einem Raum, der aussieht wie die Umkleide einer Sporthalle. Oder einer Berufsfeuerwehr. Nur dass hier Dutzende von Schneeoveralls in allen Größen hängen.

»Helme gibts da drübn. Over there«, erklärt Theres aus der anderen Zimmerecke für alle und fällt wieder ins Englische zurück.

Ich blinzele.

Mom hat einen der dick wattierten Schneeanzüge an und hält mir einen zweiten hin, der von der Größe her ungefähr hinkommen müsste. Nahezu willenlos lasse ich geschehen, dass sie mir in das Ungetüm hineinhilft. Alle anderen sind bereits fertig umgezogen und haben ihre Wertsachen in einem der abschließbaren Spinde verstaut. Wir sehen aus wie königsblaue Michelinmännchen.

Mom nestelt am Kinnriemen ihres Reithelms herum. Wortlos greife ich nach der Schnalle und helfe ihr, sie zu schließen. Dann lege ich die mir zugedachte Kappe zurück ins Regal. »Ich reite nicht mit«, verkünde ich und sehe meine Mutter fest an. »Mom. Ich weiß, dass du es nur nett meinst, aber das ist kein guter Plan. Wirklich nicht. Es ist zu früh.«

»Es ist fast anderthalb Jahre her.« Mom sieht aus, als würde sie gleich weinen. »Du musst wieder aufs Pferd. Das sagen alle. Wann willst du endlich damit aufhören, dich zu bestrafen?«

Ich zucke mit den Schultern. Was soll ich darauf schon antworten? »Können wir bitte zurück? Der Busfahrer muss ja noch irgendwo sein.«

»Everyone ready?«, fragt die Österreicherin und nickt uns zu.

»Yes«, sage ich und wende mich zum Gehen.

»No«, widerspricht Mom. Sie atmet geräuschvoll aus. »Meine Tochter bleibt hier.«

»Bitte was?« Ich fahre herum.

Moms Blick ist versteinert. »Ich reite allein mit.«

Ich weiß nicht, was ich sagen soll.

»Es tut mir leid, Elin. Ich habe für diesen Ausritt bezahlt, und das lasse ich mir von dir nicht nehmen. Komm mit oder lass es. Aber ich gehe jetzt reiten.«

»Du willst mich allein hierlassen?« Ein Anflug von Panik überfällt mich.

»Oder du kommst mit. Es steht dir frei.«

»Das ist Erpressung, Mom!«

Sie schüttelt bedächtig den Kopf. »Ganz im Gegenteil. Ich habe gerade aufgehört, mich von dir in dieser Sache erpressen zu lassen.«

Mánadís flog förmlich unter ihm dahin. Kári hatte es schnell aufgegeben, ihr eine Richtung vorgeben zu wollen. Die Stute machte ihm deutlich klar, dass sie unbedingt nach Süden wollte. Sobald er sein Gewicht

ein wenig verlagerte, um sie in Richtung Meer oder Berge zu lenken, versteifte sie sich unter ihm, und ihr Rücken wurde zu einem Brett, auf dem sich ohne Sattel nur schwer sitzen ließ. Legte er dann auch noch die Beine an, um seinem Wunsch mehr Nachdruck zu verleihen, widersprach sie deutlicher: mit angelegten Ohren, unwilligem Kopfschütteln und leichtem Buckeln. So lange, bis er endlich verstand und nachgab. Darauf senkte sie den Kopf und trabte entspannt über die uralten Pfade, mitten durch eins der geothermischen Moorgebiete, wo der Boden sich nicht der Macht des Schnees beugen wollte, sondern darunter trotzig dampfte und blubberte. Diese Stellen mieden sie natürlich. Sie waren trügerisch und unpassierbar.

Mánadís schien ein festes Ziel zu haben. Das Einzige, was er tun konnte, war, sich die uralten Landmarken einzuprägen, damit er nachher sicher den Rückweg fand, und sich ansonsten ihrer Führung zu überlassen. Sie musste einen wichtigen Grund haben. Denn was auch immer sie gewittert hatte, machte sie entschlossen genug, sich seinen Wünschen zu widersetzen. Kári vertraute ihrem Instinkt.

So verhielt sie sich, wenn verirrte Schafe Hilfe brauchten. So war sie losgaloppiert, als sie im vergangenen Sommer das schwer verletzte Fohlen fanden. Seine Neugier siegte über das Unbehagen in dem gefährlichen Gelände, wo ein falscher Tritt den Tod bedeuten konnte.

Sie ließen den Schwefelrauch hinter sich. Die Landschaft veränderte sich, wurde zunächst hügelig, dann flach. Die Berge waren nur mehr Panorama hinter ihnen am Horizont. Hier unten hatte der Wind wenig Schnee auf den Wegen zurückgelassen. Aber den wirbelte er ihnen mit zunehmender Härte ins Gesicht.

Mánadís nahm an Tempo auf. Kári konnte ihren schnellen Trab kaum noch sitzen. Er griff in ihre dichte Mähne und schnalzte mit der

57

Zunge, um sie zum Tölt zu animieren. Wo immer es hinging, sie mussten schneller sein als der aufkeimende Sturm. Die Stute hob den Kopf
und preschte los, bis sie an eine Senke kamen.

Vor ihnen im Tal lag ein lang gestreckter Pferdehof mit mehreren
großen, modernen Gebäuden, Weiden und Paddocks. Ganz offensichtlich wollte Mánadís dorthin. »Warte«, bat der Junge und zögerte. War
das eine gute Idee, einfach so auf den Hof zu reiten? Was sollte er sagen, wenn sie ihn bemerkten? Guten Tag, mein Name ist Kári. Mein
Pferd war beunruhigt, ob hier alles in Ordnung ist? Und ich habe einen
Strauß Wildkräuter für ein fremdes Mädchen mit verrückten seegras-
grünen Haaren dabei? Ist die zufällig gerade hier? Er kicherte leise bei
der Vorstellung.

Mánadís ließ beunruhigt ihre Ohren in seine Richtung spielen.
»Nein, natürlich komme ich mit«, flüsterte er und streichelte ihr beruhigend den verschwitzten Hals. »Ich habe nur nachgedacht.«

Kári zog seine Jacke fester um sich und schlug den Kragen hoch. Über
ihnen schossen dunkle Wolkenmassen dahin. Der Wind nahm weiter
zu. Er glaubte nicht mehr, dass sie es schaffen würden, vor dem Schneesturm wieder zu Hause zu sein. Eigentlich waren sie bereits mitten-
drin. Sie konnten froh sein, wenn sie es rechtzeitig bis zu diesem Hof
schafften.

Mánadís dachte offensichtlich nicht daran, umzukehren. Zügig
stapfte sie weiter. Also war das wohl entschieden.

4. Einfach nur schlafen

Draußen ist es inzwischen hell geworden. So hell es eben sein kann bei diesem Wetter.

Lässt Mom mich jetzt wirklich hier stehen? Es sieht nicht nach einem Bluff aus. Sie stapft den beiden Reitermädels und drei anderen Frauen nach, die sich gegen den Wind um die Stallecke kämpfen. Ich folge in einigem Abstand und muss tatsächlich aufpassen, dass ich nicht umgeweht werde.

Fassungslos schaue ich zu, wie meine Mutter ihr Pferd in Empfang nimmt, eine kleine dunkelbraune Stute, die ihre schneebedeckte Kruppe gleichgültig in den Sturm gedreht hat. Gutmütig folgt sie ihr und den anderen Reitern am durchhängenden Zügel. Mom bittet mich nicht mal, ihr die richtige Steigbügellänge einzustellen. Die kleine Karawane zuckelt an mir vorüber, als wäre ich Luft. Dann dreht die Reitgruppe unter den prüfenden Blicken der Tourguides ein paar Runden in einem umzäunten Paddock. Sie gurten nach, und die fünf vermummten Reiter trippeln an mir vorbei vom Hof. Ich inhaliere eine Duftwolke aus Pferdeatem, Mist, Schnee und Leder, und mein Herz sticht.

»Wünsch mir viel Spaß!«, bittet Mom durch das Tosen des Windes und winkt mit ihrem dicken Fäustling. Die Sättel knarzen mit dem Schnee unter den kleinen Hufen um die Wette.

»Ja … klar«, stammele ich verdattert. Da verschwimmt meine Mutter bereits zu einer Silhouette und verschwindet im dichten

Schneetreiben. Die Szenerie erinnert mich an den Eisplaneten Hoth aus diesem alten Star-Wars-Film: *Das Imperium schlägt zurück.* Wie passend.

Ich bleibe im Wortsinn mutterseelenallein zurück. Na ja. Nicht ganz. Am Anbindebalken stehen zwei gesattelte Pferde, wie bestellt und nicht abgeholt. Eins davon war vermutlich für mich bestimmt. Aber das zweite? Wie aufs Stichwort löst sich ein Schemen vom Paddockzaun und beginnt abzusatteln. Ich kaue auf meiner Unterlippe herum.

Wie lange mag es dauern, bis meine Mutter und ihre Gruppe wieder da sind? Ob ich jemanden finde, der mich zum Hotel zurückfährt? Oder ob hier zumindest ein Bus hält? Ich sehe mich um, aber außer Schnee ist schon nach wenigen Metern nichts zu erkennen. Ich würde zu gern das Gesicht meiner Mom sehen, wenn ich nicht mehr da bin bei ihrer Rückkehr. Würde ihr recht geschehen. Dann fällt mir ein, dass ich kein Geld dabeihabe und Mom ihren Geldbeutel im Spind eingeschlossen hat – und den Schlüssel hat sie eingesteckt. Schöner Mist. Und jetzt?

Hauptsache, das ist kein Halbtagesritt, den sie da gebucht hat … aber zwei Stunden bleiben die bestimmt weg. Blöde Geheimniskrämerei! Meine Gedanken springen hin und her, als ob sie das warm halten würde. Dieser geliehene isländische Overall hält Wind und Kälte wirklich gut ab, aber meine eigenen Winterstiefel kapitulieren schon jetzt. Wenn ich hier weiter dumm rumstehe, frieren mir schon wieder die Zehen ab. Ich versuche, sie in den Stiefeln abwechselnd zu spreizen und wieder zu krümmen. Nutzt aber nix!

»Can I help you?«, rufe ich wider jede Vernunft, mache ein paar Schritte auf das Schneemännchen bei den Ponys zu und ernte eine verwunderte Kopfdrehung von der Österreicherin.

Die Überraschung ist ganz meinerseits. Theres. Wieso ist sie nicht mitgeritten?

»Für vier brauchens nur aanen Guide«, brummelt sie, als ob sie meine Gedanken lesen könnte. Oder habe ich laut gedacht? Ihre Miene kann ich jedenfalls nicht richtig deuten, dafür lässt der minimale Gesichtsausschnitt zwischen Schal und Kapuze zu wenig Platz.

»Wenn ich dich schon um den Ausritt gebracht habe, kann ich zumindest mit anpacken«, erkläre ich forsch und will den Sattel, dessen Gurt sie grade gelöst hat, vom Pferderücken heben. Aber Theres schiebt mich beiseite. »Basst schooon.« Geschickt wuchtet sie den zweiten Sattel auf den ersten, fasst unter beide und klemmt sie sich vor die Brust.

Zur Untätigkeit verdammt stehe ich da und sehe ihr zu. Hier bin ich Tourist. Eine unnütze Fremde. Was sonst.

Ein weiteres Déjà-Vu blitzt vor mir auf: im Reitverein, vor einer halben Ewigkeit.

Ein kleines blondes Mädchen will meiner Lieblingsstute unbedingt eine Möhre geben. Sie stellt sich dabei so ungeschickt an, dass ihre halbe Hand mit im Pferdemaul verschwindet. Sahara mag keine Kinder. Sie hat allen Grund dazu. Das weiß dieses Mädchen nicht, und es kann auch nichts dafür. Aber ich kenne diesen Gesichtsausdruck. Ich sehe, wie er sich sekundenschnell verändert. Sahara ist lange genug von Kindern im selben Alter geärgert worden. Ich sehe, wie ihre Backenmuskeln arbeiten. Die Kleine kreischt los, und es gelingt mir grade noch rechtzeitig, die zarten Fingerchen zu befreien, bevor Saharas Kiefer fester zudrückt.

Danach habe ich sie ganz da rausgeholt, aus dem Schulbetrieb, aus dem Verein. Sie wurde mein Pferd. Meine Araberstute, mein wunderschönes weißes Traumpferd. Und sie hat nie wieder Kinder gebissen. Sie hat mir vertraut und ihre Vergangenheit loslassen können. Gemeinsam haben wir das geschafft.

»Wannsd maagst, kannst mir durt aufmachn.« Theres ist kurz stehen geblieben und zeigt mit dem Kopf auf eine Tür. Dankbar eile ich ihr nach.

»Ich heiße Elin«, keuche ich, während ich am Türgriff rüttle. Das blöde Ding klemmt zuerst wie festgeschweißt, und dann knalle ich damit fast gegen die Wand.

»Drin hats ann Tee«, sagt Theres.

»Und die Pferde?«, frage ich und stolpere ihr nach in die größte Sattelkammer, die ich je gesehen habe.

Sie lacht irgendwie von oben herab. »Mir sann in Island. Die ham eh einen Wünterpelz.«

Als ob ich das nicht wüsste. Ich presse die Zähne aufeinander, wie wenn ich Kinderfinger dazwischenhätte und erschrecke über mich selbst. Wie auch immer Theres meinen Gesichtsausdruck deutet, jedenfalls bewegt er sie zu einem Achselzucken. Sie lenkt ein. »Wannst unbedingt willst. Na tun mirs halt erst zu die andern.«

Geht doch. Ich verkneife mir ein Grinsen und stapfe ihr hinterher, zurück nach draußen.

Die Schneeflocken kommen waagerecht von vorn und stechen wie ein ganzer Schwarm angriffslustiger Stallfliegen. Ich mache es wie Theres und ziehe mir den Schal über den Mund.

Auf dem Rücken der beiden Isländer liegt bereits eine zentimeterdicke Schneeschicht. Aber das scheint die Ponys kein bisschen zu stören. Ihr abgeknicktes Hinterbein verrät mir, dass sie dösen. Bei *dem* Wetter. Unfassbar. Ich brauche ewig, um den vereisten Knoten am Führstrick aufzufummeln, und danach spüre ich meine Finger nicht mehr. Theres traut mir anscheinend nicht mal zu, ein Pony zu führen. Sie nimmt mir das Seil aus der Hand, und wieder laufe ich blöd neben ihr her, bis ich immerhin ein Gatter öffnen darf und dann noch eins. Wenn ich ihr sagen würde, dass ich durchaus Erfahrung habe im Umgang mit Pferden, würde sie womöglich Fragen stellen. Und egal, ob das Interesse geheuchelt wäre oder echt – ich will nicht. Also lasse ich es.

Sie streift den Tieren die Halfter vom Kopf und hält nicht einmal lang genug, um sie mit erhobenem Haupt und aufgeplusterten Nüstern zu den versprengten Mitgliedern ihrer Herde traben zu sehen, die sich wie dunkle Felsbrocken aus der weiten Landschaft abheben.

»Gemma«, treibt sie mich unwillig an, als ich mich an den Zaun lehne und zusehe. Mann. Die hat ja noch schlechtere Laune als ich!

»Geh ruhig schon vor. Ich bleibe noch einen Augenblick.«

»Es is' zu kalt. Des is' Island!«, warnt sie mich noch einmal. »Gemma!«

Aber ich habe keine Lust. Die Aussicht, mich im Reiterstübchen neugierigen Blicken, blöden Fragen, warum ich nicht mitgeritten bin, und entsprechend dummen Sprüchen stellen zu müssen, überwiegt meinen Wunsch nach einem heißen Tee. »Das Wetter beruhigt sich ja bereits, und wenn mir kalt ist, komm ich rein«, behaupte ich genervt. »Ich bin schon groß, und eure Overalls sorgen ganz bestimmt dafür, dass ich nicht erfriere. Keine Panik.«

Ich weiß genau, dass Theres mich in Gedanken ganz weit weg aufs europäische Festland wünscht. Aber sie gibt tatsächlich auf und lässt mich stehen. Zum zweiten Mal an diesem unwirtlichen Morgen bleibe ich mutterseelenallein in dieser unwirtlichen Einöde zurück. Aber diesmal habe ich die Kontrolle über die Situation. Und das fühlt sich viel besser an.

Und jetzt? Meine Mom hat grade ganz sicher mehr Spaß. Außerdem habe ich gelogen. Im Sattel dürfte ihr um einiges wärmer sein als mir. Auch wenn dieser Blaumann so dick wattiert ist, dass ich mich kaum graziler bewegen kann als ein betrunkener Zombi: Die Kälte kriecht unaufhaltsam nach oben. Aber ich geh noch lange nicht rein. Soll sie doch Spaß haben bei ihrem Ausritt! Wenn ich die nächsten Tage krank im Hotelbett liege, ist daran einzig und allein meine Mutter schuld.

Irgendwie versöhnt mich diese Vorstellung ein wenig mit meinem Schicksal, und es wirkt so, als ob der Wind sich tatsächlich beruhigt. Zumindest nimmt das Rauschen um mich herum merklich ab.

Eigentlich ganz schön hier draußen. Mein Zombidress ist augenscheinlich zumindest wasserdicht, und wenn ich mich klein mache, biete ich sicher weniger Windwiderstand. Also setze ich mich, ziehe die Beine an, bewege die schmerzenden Zehen und schaue den Pferden dabei zu, wie sie mit den Vorderhufen im Schnee scharren, auf der Suche nach etwas Fressbarem. Ich frage mich, wie sie getränkt werden bei dieser Kälte. Als ich mich suchend umsehe, entdecke ich nicht weit von mir einen Bottich – ganz offensichtlich beheizt, denn es dampft daraus. Kurz bin ich versucht, aufzustehen und meine Finger einzutauchen. Aber es ist einfach zu gemütlich, hier zu sitzen. Außerdem habe ich endlich eine Position gefunden, in der meine Füße kaum noch wehtun. Die Ponys bewegen sich ebenfalls kaum. Nur langsam ziehen sie weiter. Wozu Energie verschwenden, wenn es so eine Arbeit ist, welche aufzunehmen.

Ein grauer Umriss löst sich aus der Herde und trottet langsam in meine Richtung. Na ja, in Richtung des Wassers, korrigiere ich mich. Aber da sitze ich nun mal auch. Und nachdem das Tier schlürfend seinen Durst gestillt hat, erwecke ich offenbar seine Neugier, und es kommt näher. So nah, dass es schließlich direkt vor mir steht und sein warmer Atem in mein Gesicht bläst. Ein Teil von mir will panisch auf Abstand gehen. Aus Sicherheits-gründen. Dieser Teil von mir weiß genau, dass Pferde mir immer noch gefährlich werden können, auch wenn es nur isländische Po-nys sind. Ich bin mir sicher, dass dieser Teil klüger ist als der Rest von mir. Er wird recht behalten. Aber dann ist da noch dieser an-dere Teil in mir. Der findet dieses Pony einfach nur niedlich und so was von harmlos, und *zack!* ist es passiert. Mein Herz rekelt sich.

Das Pony weiß ja nicht, was mit mir los ist. Oder vielleicht auch doch. Jedenfalls pustet es mich unverdrossen weiter an. Seine mit Frost überzogenen Barthaare kitzeln mich an der Nase.

Unwillkürlich muss ich lächeln. Alles zu spät. Herzklopfen. Ich schließe die Augen und tauche in die feuchtwarme Luft, die wohl überall auf der Welt gleich riecht. Ein Duft, in den ich hineinkrie-chen möchte. Auch wenn meine Freundin Leonie mich deswegen für verrückt hält. Aber Pferdeatem, Pferdeschweiß und Sattelseife sind nun mal unter meinen Top-Five-Gerüchen ever. Ich meine, sie waren es. Ziemlich gleichauf sind frisch gemähte Blumenwiese nach einem Sommerregen und Omas selbst gebackener Kirschkuchen mit Vanillesoße – das hat Leonie dann wieder halbwegs beruhigt.

Gedankenverloren pule ich meine rechte Hand aus dem Fäustling. Meine Finger bahnen sich ihren Weg zwischen Eisklumpen und gefrorenen Barthaaren hindurch zu trockenerem Fell und warmer Haut. Ich taste nach der einladenden Stelle zwischen den Ganaschen am Unterkiefer, wo fast alle Pferde gern gekrault werden.

Auch bei diesem ist es nicht anders.

Eigentlich sind Isländer ja gar keine Ponys. Natürlich weiß ich das. Wenn man Streit haben will mit einem Islandreiter, muss man nur »Pony« sagen. Oder wenn man sich selbst auf Abstand halten will. Im Moment will ein Teil von mir den Abstand aufgeben.

Neugierig macht das Pferd einen Schritt auf mich zu. Besser. Jetzt muss ich meinen Arm nicht mehr so verdrehen. Auch wenn ich kein verräterisches Ticken höre, wer weiß, ob auf der Litze des Elektrozauns nicht doch Strom ist.

Wir genießen scheu den Kontakt des anderen. Vorsichtig. Aber unsere Wachsamkeit lässt stetig nach. Ich spüre, wie der graue Pferdekopf mit der langen, schmalen Blesse schwer wird, sich förmlich in meine Hand sinken lässt. Und ich werde ebenfalls müde. Ich schließe die Augen.

Mal abgesehen von der kurzen Begegnung am Flughafen ist es tatsächlich das erste Mal, dass ich wieder ein Pferd streichle. Das erste Mal seit … Die Erinnerung erfasst mich wie eine Flutwelle, reißt mich mit sich fort.

Der eine Teil von mir schreit innerlich auf. Es ist, als ob jemand ein Pflaster schonungslos mit einem Ruck direkt von meiner Seele reißt.

Sahara.

Meine geliebte Sahara.

Ich rieche ihr Fell, spüre ihren Atem, ruhiger Galopp. Sommerwind. Ich fühle wie im Traum die Sonne auf ihrem Rücken, auf meiner Haut.

Und dann höre ich wieder diesen Laut, und mein Traum zerbricht. Wie scharfe Scherben, wieder dieser eine grässliche, röchelnde Atemzug, der alles verändert.

Er zerschneidet mein Leben.

Ich sehe uns beide in Zeitlupe zusammenstürzen wie ein Kartenhaus, das der Wind umfegt.

Ich habe es nicht kommen sehen. Damals nicht, heute nicht. Wieder und wieder zermartere ich mir deswegen den Kopf. Auch jetzt. Ich habe einfach nicht verstanden, was passiert. Eigentlich verstehe ich es immer noch nicht.

Um uns herum dreht sich die Welt. Wir sind schwerelos, während wir uns überschlagen. Alles in Zeitlupe. Umso lauter sind die Geräusche. Überdeutlich. Das Gurgeln. Der Sand. Das knirschende Leder, als ich aus dem Sattel komme und mich neben Sahara wegrolle.

Ich glaube, dass sie gestolpert ist. Dass ich eine Wurzel übersehen habe im sandigen Waldboden. Ich mache mir Vorwürfe, schon als ich zu ihr robbe. Warum steht sie nicht auf? Hat sie sich etwas getan? Wieso sind ihre Augen so groß? Warum sieht sie mich so an? Ich spüre ihren Atem an meinem Gesicht. Feucht und warm. Da ist ein kleines bisschen Blut an ihrem Maul. Sonst nichts. Sie sinkt in meine Arme.

Sahara! Ihr Kopf ruht schwer auf meinen Beinen. Mein Pferd stirbt. Es stirbt in meinem Schoß. Warum tut denn niemand was? Wieso ist denn keiner hier?

»Sahara!«

Anscheinend habe ich ihren Namen laut gerufen. Denn die kleine Islandstute schnorchelt erschrocken, aber ich nehme es kaum wahr. Ich bin noch nicht wieder zurück. Ich bin noch in meinem Film gefangen, schaffe es noch nicht wieder zurück an die Oberfläche.

Der Tierarzt sagt später, dass ich nichts hätte tun können. Dass ein Aortenabriss sich durch nichts ankündigt. So was passiert einfach.

Bullshit!

Irgendetwas hätte ich mitbekommen müssen.

Ich wollte Tiermedizin studieren nach der Schule. Damit ich noch besser für Sahara sorgen kann. Und für alle anderen Pferde. Pferde waren mein Leben.

Und jetzt?

Alles sinnlos.

Sahara ist fort.

Und ich mit ihr.

Du hast alles Menschenmögliche getan, haben sie gesagt. Bullshit. Bullshit. Bullshit. Dann wäre sie ja noch hier.

Ich kann mir nicht vergeben, dass ich mit ihr galoppiert bin auf diesem Waldweg. Vielleicht war es zu warm. Der Boden zu tief. Vielleicht wäre alles anders gelaufen, wenn ich nur getrabt wäre.

Wenn wir nur Bodenarbeit gemacht hätten.

Wenn ich das Training damals, nach ihrem Husten im Winter, erst später wieder aufgenommen hätte.

Wenn ich früher begonnen hätte, das Heu einzuweichen.

Oder sie eher in den Offenstall umgestellt hätte.

Wenn, wenn, wenn.

Vorbei.

Mein eigenes Wimmern und Schluchzen bringt mich ins Hier und Jetzt zurück. Ich weiß nicht, wie lange ich hier schon sitze und heule wie ein Kleinkind.

Ich spüre warmen Pferdeatem an meinem tränennassen Gesicht. Warm und feucht. Ich weiß, dass das nicht Sahara ist. Nie mehr sein wird.

Die kleine Stute stupst mich an. Und auf einmal rutscht etwas in mir durch. Ich weiß nicht, was es auslöst oder warum gerade jetzt. Ist es die Zuneigung dieses fremden Pferdchens? Die Magie dieser Insel? Der hundertzwanzigste Streit mit Mom? Aber auf einmal weiß ich, dass ich tatsächlich keine Schuld habe. Die entsetzliche Leere, der Schmerz, das Gefühl, versagt zu haben – all das ist nicht weg, aber es fühlt sich zum ersten Mal beherrschbar an.

Ich will nach der Pferdenase tasten und merke, dass ich kaum noch Gefühl in meinem Arm oder meinen Beinen habe. Das fremde Pony brummelt leise, und ich bemühe mich, meine verklebten Augen zu öffnen. Ich blinzele. Der Sturm ist abgeflaut, und all das Weiß um mich herum blendet mich.

Ich habe keine Ahnung, wie ich auf die andere Seite des Zauns gekommen bin. Aber hier sitze ich, angeschmiegt an eine zutrauliche fremde Isländerstute, die sich im Schneegestöber zu mir gelegt hat, um mich zu trösten.

»Und was ist deine Geschichte?«, frage ich leise. Irgendwie habe ich das Gefühl, als würden wir uns gegenseitig Halt geben. »Danke, dass du bei mir geblieben bist«, murmele ich und schließe erschöpft wieder die Augen.

Hinter meinen Lidern blitzt unvermittelt und plötzlich das Bild eines Fohlens auf. Schon ist es wieder weg. Ich denke nicht weiter drüber nach. Dazu bin ich zu müde. »Es tut mir so leid«, sage ich, einfach weil der Gedanke plötzlich da ist. Unwillkürlich. Aus dem Gefühl heraus, dass dieses tapfere Pferdchen mich versteht. Ich nehme meine ganze Kraft zusammen, um diesen steifgefrorenen Overallärmel zu heben und die Stute unter der üppigen Stirnlocke zu kraulen. »Ich weiß, wie das ist, jemanden zu verlieren.«

Mein Arm sinkt kraftlos in meinen Schoß zurück. Ich lehne mich wieder an sie. Ich möchte jetzt einfach nur einen Moment schlafen. Die Stute wird unruhig und macht Anstalten, aufzustehen. »Nur noch einen Augenblick«, bitte ich.

Da werde ich unsanft an der Schulter gerüttelt. Noch ein zweites Mal und ein drittes, weil ich nicht sofort reagiere. »Lass mich«, murre ich und schüttele halb weggetreten den Arm ab. Mir ist endlich nicht mehr kalt.

Eine leise Stimme redet melodisch auf das Pferd ein. Was ist das für eine Sprache? Es will mir nicht einfallen. Das Schütteln wird grober, und dann ist das warme Gefühl in meinem Rücken weg. Mann! Hör auf damit!

»Ich hab doch gesagt, dass ich gleich reinkomme«, schnappe ich. Dann wird mir in Zeitlupe klar, dass das nicht Theres' Stimme ist, die da in all dem Gerüttel unvermindert auf mich einredet. Irgendwo hab ich die schon mal gehört, aber ich komme nicht drauf. Und es ist ein derartiges Genuschel, das ich kein Wort verstehe.

Das soll aufhören. Ich bin müde!

Aber ich rappele mich doch hoch und blinzele. Ich kniepe vorsichtig zwischen meinen Wimpern hindurch.

Direkt vor meiner Nase hockt der verrückte Junge vom Flughafen und starrt mich an. Als ich die Augen aufschlage, weicht er erschrocken zurück. Das würde ich auch am liebsten tun, aber da ist das Pferd.

Das heißt, da *war* das Pferd.

Jetzt nicht mehr.

Darum falle ich um, kippe wie ein Sack Kartoffeln nach hinten. Und als ich mich aus dem Schnee wieder in die Senkrechte gekämpft habe und aufgestanden bin, ist der Junge dabei, abzuhauen.

Schon wieder. Er schwingt sich mit einem Griff in die Mähne, ohne Sattel auf seinen Schimmel und reitet davon, dass der Schnee unter den Hufen nur so davonstiebt.

Ich kann anscheinend immer noch nicht wieder klar denken.

Was mich nämlich außer diesem sonderbaren Kurzauftritt irritiert, ist, dass ich eine ganze Weile brauche, um die Stute wiederzufinden, die eben noch hier bei mir war. Sie steht zusammen mit drei anderen Ponys gute zehn Meter entfernt.

Es gibt nur eine mit so einer langen schmalen Blesse und schwarzen Strümpfen an den Vorderbeinen. Und sie sieht mich an. Irgendetwas ist merkwürdig. Aber ich verstehe nicht, was es ist. Mein Verstand verweigert sich. Ich sehe dem kleiner werdenden Reiter nach, der bereits mit Schneedecke und Horizont verschmilzt.

Ganz allmählich fährt mein Hirn wieder auf Betriebstemperatur. Mir wird bewusst, dass ich schon viel zu lange ungeschützt hier draußen in der Kälte bin. Schmerzlich bewusst. Denn meine tauben Arme und Füße kribbeln fürchterlich, seit ich aufgestanden bin. Ich habe Mühe, das Gleichgewicht zu halten. Und offensichtlich halluziniere ich. Sind das nicht Anzeichen für drohendes Erfrieren?

Und da habe ich den kleinen Strauß frischer Blumen noch gar nicht gesehen …

Mánadís setzte zum Sprung an und flog über den Zaun, als wäre er nichts weiter als ein unbedeutendes Stück Treibholz am Strand, auf das man nicht treten will.

Kári kniff seine Augen zusammen, um im dichten Schneetreiben erkennen zu können, was seine Stute so unbeirrbar ansteuerte. Erst als sie stehen blieb, sah er es auch. Vor ihnen waren die Umrisse eines Pferdes zu erkennen, das dicht am Zaun im Schnee kauerte. Hatte es sich verletzt? Verfangen im Maschendraht? Bei diesem Wetter konnte das gefährlich werden.

Kári entdeckte weit und breit keinen Menschen. Also sprang er ab und kämpfte sich vorsichtig näher. Es kostete ihn Mühe, dorthin zu kommen, wo das Pferd lag. Seine Fellfarbe war kaum noch zu erkennen. Es war größtenteils eingeschneit, lag also schon eine Weile hier, weitab von den anderen, die dem Sturm etwas weiter weg gemeinsam in der Gruppe trotzten, die breiten Hintern in den Wind gedreht, die Köpfe nach innen, um sich gegenseitig zu wärmen. Warum war dieses Pferd allein?

Der Schnee auf der Weide war stellenweise schon kniehoch. Kári stapfte langsam näher und sprach dabei leise auf das liegende Pferd ein. Neugierig wendete es den Kopf und wieherte schwach. Es fürchtete sich nicht, aber es stand auch nicht gleich auf, wie es Pferde sonst tun, wenn sich ein Fremder nähert. Zwar streckte es die Vorderbeine und machte Anstalten dazu, aber dann ließ es sich wieder sinken und wendete den Kopf zu seinem Bauch. Hatte es eine Kolik? Kári schlich besorgt auf die andere Seite des Pferdes.

Und dann sah er sie. Eine Gestalt in einem blauen, viel zu großen Overall, an das Tier gelehnt, die Augen geschlossen. Kein guter Ort für ein Schläfchen. Lebte sie noch? Wenn nicht, wäre das Pferd sicher aufgestanden und weggegangen. Der Junge nahm seinen ganzen Mut zusammen und stupste den schneebeflockten Stoffberg an. Erst reagierte er nicht. Kári rüttelte heftiger. Schnee löste sich. Dann gab der Overall ein unwilliges Brummen von sich, und eine junge, weibliche Stimme murrte in einer Sprache, die er nicht verstand. Vom Gesicht war unter der übergroßen Kapuze kaum etwas zu sehen.

Kári dankte dem Pferd, dass es auf den Menschen aufgepasst hatte. Er versprach ihm, dass er jetzt übernehmen und das Mädchen in Sicherheit bringen würde. Zum Beweis rüttelte er heftiger an ihrer Schulter. Wie konnte man so leichtsinnig sein? Oder so lebensmüde? Wie lange mochte sie schon hier draußen sitzen? Und was sollte er tun, wenn sie wach wurde? Er bemerkte erst, dass er laut gesprochen hatte, als sie plötzlich unwirsch antwortete, sich die Kapuze in den Nacken schob und die Augen aufschlug.

Es war das Mädchen mit den seegrasfarbenen Haaren!

Kári machte einen Satz rückwärts, der ihn beinahe umwarf. Das Blut rauschte ihm in den Ohren. Er hatte gehofft, sie wiederzusehen. Aber hier ... so ... Er ließ die Kräuter fallen. Ihre Augen waren blaugrau. Wie das Meer an einem bewölkten Tag. Das ging ihn nichts an. Ihre Augen gingen ihn nichts an. Strauchelnd hastete er zu seiner Stute zurück, zog sich mit einem Griff in die Mähne auf ihren Rücken und sprengte davon. Nach Hause. Oder zu Großmutter Jorúnn, der Kräuterfrau. Woher hatte sie das gewusst? Er hatte Fragen. Und der Sturm war ihm egal.

5. Winterkräuter

Es muss ziemlich bescheuert aussehen, wie ich mit einem Sträuß-chen Wiesenblumen in der Faust im Neuschnee stehe und glotze, als könnte ich nicht bis drei zählen. Die helle Stute mit den schwarzen Strümpfen wiehert zu mir herüber. Ich bin mir ziem-lich sicher, dass sie mich meint, zumindest ist hier sonst niemand.

Mein Herz krampft sich für einen Moment zusammen. Ich erinnere mich. An das Gefühl, wenn das eine Pferd, zu dem es diese eine, einzigartige Herzensverbindung gibt, wiehert, weil es dich sieht. Dann habe ich die Kontrolle wieder. Beziehungsweise mein Verstand. Wahrscheinlich hört die Stute eher die Reiter zu-rückkommen.

Mein zweiter klarer Gedanke ist: Wir gehen jetzt rein. Grübeln können wir später. Oder gar nicht mehr, wenn wir noch fünf Minuten länger hierbleiben. Das überzeugt den drömeligen Rest von mir.

Ich setze meine Füße voreinander, einen nach dem anderen, holprig, wie ein Tiefseetaucher. Wo war noch mal dieses Reiter-stübchen? Fürs Erste wäre schon irgendeine nicht zugefrorene Eingangstür in das Stallgebäude hilfreich. Als ich auch die dritte Stahltür nicht aufbekomme, werde ich doch ein wenig panisch. Ich hämmere dagegen und überlege, ob es zu hysterisch rüberkommt, wenn ich dazu *Help!* brülle. Aber gerade als ich tief Luft hole, wird die Tür von innen aufgerissen, und ein völlig fremdes, bärtiges Männergesicht starrt mich an, als ob ich zu den Zeugen Jehovas gehöre. »Hat geklemmt … danke«, stottere ich auf Deutsch und quetsche mich an ihm vorbei nach drinnen.

Ich befinde mich in der Reithalle. Na klasse. Aber immerhin ein Anfang. Hinter der Bande führt ein schmaler Gang entlang. Ich drehe mich einmal um meine eigene Achse, was wahrscheinlich ziemlich unbeholfen aussieht. Von dort sind wir vorhin gekommen. Da befinden sich die Umkleiden und Toiletten. Ich taumele in die entgegengesetzte Richtung. Der Hägar, ein Riesenkerl, glotzt immer noch, als wäre ich eine Erscheinung. Mist! Was heißt noch mal »Reiterstübchen« auf Englisch?

»Äh … restaurant?«, frage ich formvollendet und versuche, die fehlende Grammatik mit einem Lächeln zu übermalen.

Der Hüne schneidet eine skeptische Grimasse, die recht deutlich ausdrückt, dass er meine Erscheinung allenfalls fragwürdig findet. Vielleicht hat er mich auch nicht verstanden? Aber »Restaurant« ist ja wohl ziemlich international. Während ich noch überlege, ob es womöglich gar nicht an mir liegt, sondern er eventuell taubstumm ist oder ein anderes Handicap hat, brummt er plötzlich irgendwas, was ich natürlich nicht verstehe.

Gnädig zeigt er dann an den Stallungen vorbei, nach links und dann nach rechts. Na, das werde ich schon finden, denke ich und bedanke mich freundlich. Ich wanke wie auf Eiern, weil ich meine Füße immer noch nicht spüren kann.

Doch ein paar Minuten später wünsche ich mir diesen Zustand mit zusammengebissenen Zähnen zurück. Denn als so was wie beginnendes Leben in meine Zehen und Finger zurückkehrt, sind die viel zitierten tausend Nadelstiche ein feuchtes Garnichts dagegen.

Ich finde das Stübchen tatsächlich. Wobei es eher eine Stube ist, eine ziemlich große sogar. Ich scanne den Raum nach bekannten Gesichtern ab. Die Reitertruppe scheint noch unterwegs zu sein, und auch Theres ist nirgends zu sehen. Erleichtert atme ich auf und husche, so schnell es geht, an einen Tisch am Fenster, direkt an die Heizung. Schmerz hin oder her, ich lege die Blumen auf den Tisch, werfe Handschuhe und Mütze auf den Stuhl neben mir und lasse meine Hände an dem heißen Stahlgerippe toasten. Immer schön gleichmäßig, alle paar Sekunden wenden, wenn der Schmerz zu doll wird. Am liebsten würde ich die Stiefel ausziehen und mit dem, was noch von meinen Füßen übrig ist, das Gleiche machen. Aber ich trau mich nicht.

Außer meinem ist nur noch ein weiterer Tisch besetzt. In einer Ecke sitzt ein Pärchen in Reitklamotten und unterhält sich mit leiser Stimme. Am Tresen sitzen zwei ältere Typen, dampfende Tassen vor sich. Was Warmes! Ich will auch! Dummerweise steht niemand hinter dem Schanktisch, und es sieht hier nicht gerade nach Selbstbedienung aus. Ich will Tee! Jetzt, sofort! Dass ich kein Geld dabeihabe, vernachlässige ich mal geflissentlich. Mom kann mich ja später auslösen. Jetzt geht's ums Überleben! Ein Königreich für einen heißen Tee. Einen großen heißen Tee mit Zucker und Zitrone! Überhaupt habe ich, seit wir auf dieser Polarinsel angekommen sind, ständig das Gefühl, unterzuckert zu sein.

Kaum, dass ich dran denke, knurrt mein Magen. Um mich abzulenken, studiere ich die Dekoration.

An den Wänden hängen überall Pferdebilder. Großformatige bunte Acrylarbeiten, meist Porträts einzelner Tiere. Und obwohl die Islandpferde nur mit groben breiten Pinselstrichen hingeworfen sind wie flüchtige Skizzen, hat jedes einzelne Pferd einen einzigartigen, unverwechselbaren Ausdruck. Das Gleiche gilt für die Stimmung der Landschaften im Hintergrund. Ich wünschte, ich könnte so malen. Zeichnen kann ich ganz anständig. Mom meint, ich hätte mein Talent von ihr geerbt. Aber Malen, und dann noch so, das ist eine ganz andere Liga.

Ich schrecke zusammen, denn plötzlich steht eine junge Frau neben mir, mit blonden Zöpfen, ebenfalls in Reitklamotten. Sie spricht mich direkt auf Deutsch an. »Willst du den Overall nicht ausziehen?«, fragt sie ohne Einleitung und hält mir ein Handtuch hin. Im ersten Moment schalte ich gar nicht. Sie zeigt unwirsch unter den Tisch, und ich sehe an mir hinunter. Zu meinen Füßen hat sich eine kleine Pfütze gebildet.

Hilfe, ich schmelze! Eine Millisekunde lang glaube ich das wirklich. Anscheinend ist mein Verstand immer noch nicht ganz aufgetaut.

»Oh, Shit«, nuschele ich schuldbewusst und nestele gehorsam an meinem Reißverschluss herum. »Tut mir leid. Ich mach das gleich weg. … Kann man die Heizung vielleicht noch ein wenig höher stellen? Mir ist schweinekalt. Und … einen Tee hätte ich auch gern. Geht das?«

Sie mustert mich unverhohlen, während ich mich ungelenk aus dem Einteiler pelle und halb unter dem Tisch verschwinde. Mir tut wirklich alles weh.

»Du bist die, die nicht mitgeritten ist, oder?«, sagt sie, als ich wieder auftauche und ihr das tropfnasse Handtuch zurückgebe.

Ich nicke resigniert. War ja klar, dass das kein Geheimnis zwischen mir und Theres bleiben würde.

»Und wo warst du dann die ganze Zeit?«, bohrt sie neugierig weiter.

»Draußen«, antworte ich betont lässig.

»Is' klar«, meint sie ironisch und wirft einen Zopf über ihre Schulter. »Blümchen pflücken, nehme ich an. Ich hol dir eine Vase. Aber lass dich bloß nicht von Gunnar erwischen. Der mag es nicht, wenn man in seinen Gewächshäusern lange Finger macht.«

Will sie damit etwa andeuten, ich hätte die Blumen geklaut?

»Ich hab die doch nicht … Die hab ich geschenkt bekommen!«, haspele ich empört. Doch die junge Frau winkt ab. »Nicht meine Baustelle. Tee kommt sofort. Milch oder Zitrone?«

Als sie nach Ewigkeiten mit meinem Getränk und einer Vase zurückkehrt, bin ich anscheinend kein Gespräch mehr wert. Dafür taucht Theres nach ein paar Minuten auf und schnauzt mich an. »Du warst in Gunnars Gewächshäusern? Bist du deppert?«

»Nein!«, protestiere ich noch einmal. »Ich war die ganze Zeit an der Weide. Den Strauß hat mir dieser Junge geschenkt.«

»Wölcher Junge denn?«, fragt sie zurück. »Daa gibt's kaan.«

»So alt wie ich etwa.« Ich versuche, ihn zu beschreiben, so gut es geht, und ziehe Theres zum Sitzen zu mir herunter. Aber sie hört mir kaum zu. »Kenn i ned«, beharrt sie stur und schüttelt den Kopf. »Bei dem Wetter kommt hier eh niemand Fremdes aufn Hof außer euch Touristen. Nix für ungut.«

Sie will aufstehen und gehen, aber ich möchte noch etwas wissen. »Sag mal, Theres«, fange ich an. »… die hellgraue Stute mit der schmalen Blesse und den schwarzen Vorderbeinen –«

»Die kannst vergessen«, unterbricht sie mich und winkt ab. »Du maanst die Ljósadís. Die finden eh alle toll. Aber seit sie im Herbst ihr

79

Fohlen verlor'n hat, lassts kaanen mehr an sich ran. Sölbst der Gunnar hat Schwierigkeiten, sie zu händeln. Und des will was haaßen.«

Mein Magen flattert, und ich bekomme Gänsehaut. *Ihr Fohlen verloren.* »Was ist passiert?«, frage ich schluckend.

Theres setzt sich wieder. »Im Hochland isses ab'stürzt. Mir hams nimmer g'fundn. Urtraurige G'schicht. Aber so is des Leb'm.«

Etwas in mir wehrt sich. Nein, das Leben ist nicht traurig! Es hat nur manchmal echt beschissene Momente.

»Wann's ned besser wird, dann kommt's aufn Viehmarkt«, setzt Theres noch einen drauf und beobachtet neugierig meine Reaktion auf diese Eröffnung.

Diesmal halte ich sie nicht davon ab, aufzustehen und zu gehen. Ich klammere mich mit beiden Händen immer noch krampfhaft an meinem Tee fest. Eigentlich müsste der schon längst kalt sein, so viel Wärme, wie ich mir durch die Hände da rausziehe.

In meinem Kopf dreht sich alles. Er wird allmählich heiß, wie jedes Mal, wenn ich ordentlich durchgefroren war und ins Warme komme. Und mein Kiefer versucht jetzt erst, durch Zähneklappern irgendwas in meinem Wärmehaushalt zu regulieren. Das fällt dem ja früh ein, finde ich.

Dann springen meine Gedanken zwischen der traurigen Ljósadís, Sahara und dem Jungen hin und her. Der hätte mir mal besser mein Halstuch wiedergebracht statt geklaute Blumen. Hauptsache, Mom kommt bald zurück. Ich will hier weg. Was für ein Tag! Und was das mit dem Viehmarkt bedeutet, das mag ich lieber gar nicht wissen.

Wie aufs Stichwort geht die Tür auf. Nur leider ist es weder meine Mutter noch die Reitgruppe, sondern der isländische Brummelhägar von vorhin. Er stellt sich an den Tresen, bekommt ohne Aufforderung Tee in einer Jumbotasse, und das auch noch, obwohl er dabei weiter ohne Unterlass in ein vorsintflutliches Funkgerät quatscht. Er kann ja doch sprechen!, fährt es mir durch den Kopf. Ganze, ordentlich artikulierte Sätze! Und ich bemerke außerdem, dass er noch viel doller vor sich hin tropft als ich eben. Aber da meckert die Blonde hinterm Tresen natürlich nicht. Stattdessen tuschelt sie leise mit ihm. Ich sehe genau, dass die beiden auf einmal mich beobachten. Geht das jetzt schon wieder los mit den Blumen? Dann holt doch diesen Gunnar, dann werde ich ihm schon erzählen, dass ich sie nicht geklaut hab, und allen anderen auch, die es sonst noch wissen wollen. Ist es so einfach, hier zum Tagesgespräch zu werden?

Als der Typ dann tatsächlich mitsamt seiner Riesentasse in meine Richtung kommt, ziehe ich den Kopf doch ein wenig ein, aber das mache ich mit vorgerecktem Kinn wieder wett. Nur nichts anmerken lassen.

»Ich hab die Blumen nicht geklaut«, platze ich heraus und überlege mir dann erst, ob das vielleicht eine ungeschickte Eröffnung war. Der Hüne wirft einen flüchtigen Blick auf die Vase, wo die ersten Blüten schon die Köpfchen hängen lassen. Wahrscheinlich aufgrund der rasanten Klimaänderung von minus zehn nach plus zwanzig Grad. Dabei grinst er kurz.

»Das sind Wildkräuter. So was hab ich gar nicht in meinem Gewächshaus.« Er mustert mich aus der Nähe und zieht die Augenbrauen zusammen, sodass sie einen einzigen Balken ergeben. »Hej. Ich bin Gunnar.«

Ach du Schande! … Und was willst du von mir?, wundere ich mich verblüfft.

»Du bist also die, die nicht mitgeritten ist«, wiederholt er das, was anscheinend sonst noch alle beschäftigt, die auf diesem Hof nichts anderes zu tun haben. Sein Akzent klingt wie bei dem Radiosprecher für die Ikeawerbung.

»Ja – und ist das ein Verbrechen?«, frage ich. Ich will gar nicht so schnippisch klingen, aber wenn ich meine Tage kriege, bin ich schnell gereizt, und ich habe heute schon einiges hinter mir. Aber das kann ich ihm wohl kaum erklären, und es geht ihn auch nichts an.

Bevor Gunnar antworten kann, scheppert das Funkgerät wieder los. Er bedeutet mir mit einem Fingerzeig, kurz geduldig zu sein, und spricht mit dem unsichtbaren Gegenüber. Dann steckt er das Ungetüm seufzend in seine Brusttasche. »Alles gut. Das war Solveig, die Rittführerin eurer Gruppe. Deine Mutter ist gestürzt. Ihr ist nichts passiert, soll ich dir sagen. Es dauert nur ein bisschen länger, bis sie wieder zurück sind. Sie mussten erst das Pferd einfangen. Hat gescheut. Aber jetzt haben sie's, und sie sitzt auch schon wieder drauf.«

»Oh«, mache ich.

»Magst du noch einen Tee?«

Ich nicke, und meine Zähne klappern wieder leicht. Gunnar winkt der Blonden zu und deutet auf meine Tasse.

»Was anderes: Wie lange warst du da draußen vorhin? Etwa wirklich, seit die losgeritten sind?«

Ich zucke mit den Achseln und nicke verwirrt. »Keine Ahnung. Ich hab nicht auf die Uhr gesehen. Mein Handy ist im Spind.«

»Bring der Kleinen noch ne ordentliche heiße Suppe dazu, Sophie! Heute noch«, brüllt Gunnar auf einmal Richtung Tresen. Die Blonde verschwindet kaugummikauend in der Küche.

Dann wendet er sich wieder an mich, legt die Unterarme auf dem Tisch ab und sieht mich eindringlich an. »Mädchen. Weißt du, wie gefährlich das ist bei dem Wetter?«

Ich schüttele kleinlaut den Kopf. Irgendwie klingt es bedrohlicher, wenn er das sagt, als wenn Mom so einen Spruch bringt.

»Wir sind hier am Polarkreis. Da erfrieren Menschen, wenn sie Dummheiten machen!«

»Ich hab nur ein bisschen bei den Pferden gesessen«, verteidige ich mich.

»Drei Stunden lang?!«, poltert Gunnar. »Wenn ich Theres erwische, zieh ich ihr die Ohren lang, dass sie das nicht verhindert hat. Wie oft hab ich den Mädchen schon eingeschärft, dass sie Touristen nicht allein lassen dürfen. Praktikantinnen!« Er rauft sich die Haare und verdreht leicht die Augen.

»Bitte, nein. Sie wollte es ja. Ich hab versprochen, dass ich gleich reingehe. Und ich war nicht allein.« Er zieht fragend die Augenbrauen hoch und fängt an, in seinem Tee zu rühren.

»Na ja«, erwidere ich. »Die Ponys waren ja da, und ... also ...«

Er zieht die Augenbrauen hoch und richtet seinen Zeigefinger auf mich, als wollte er mich durchbohren. »Sag nicht PONY zu einem Isländer. Das sind Pferde, kapiert?«

Ich nicke beklommen. »Es sollte auch keine Beleidigung sein. Es ist nur ... ich bin zu Hause eher Großpferde gewohnt ... gewesen.«

Sein Blick wird ein wenig sanfter. Ich glaube, er unterdrückt sogar ein Grinsen, und kommt schnell aufs eigentliche Thema zurück. »Bodenloser Leichtsinn!«, poltert er laut, während Theres vorbeigeht. Das Geschirr auf ihrem Tablett klirrt, als sie zusammenzuckt. Scheinbar zufrieden ergänzt er nur für mich hörbar: »Ist ja gut gegangen. Was wolltest du überhaupt an der Weide?«

Ich pule an einem imaginären Fleck in der Tischdecke herum. »Nichts … ich …« Was soll ich denn darauf sagen? Keine Ahnung, was ich da wollte. Mich ausheulen? »Meine Ruhe haben. Ich wollte nachdenken«, antworte ich leise und beschließe, mich mit einer Gegenfrage zu retten, bevor er weiterbohren kann und wer weiß was zutage fördert. Für heute habe ich genug in schmerzhaften Erinnerungen gewühlt. »Diese hellgraue Stute, Ljósadís. Was bedeutet der Name eigentlich?«

Gunnar schaut mich mit einer Mischung aus Skepsis und Verwunderung an und zögert kurz, bevor er antwortet. »Es heißt Lichtgöttin, Lichtfee«, erklärt er und rührt weiter in seinem Teebecher, als ob sein Text da drin zu finden ist. »In der Nacht, als sie geboren wurde, war das Nordlicht ganz besonders wild und schön. Die Isländer sagen, dann tanzen die Frauen aus dem Versteckten Volk und geben ein großes rauschendes Fest.«

»Die Isländer?«, frage ich irritiert.

»Ich bin Schwede«, erklärt er und sieht mich spitzbübisch an. Noch einer. »Weißt du, warum neuerdings so viele Asiaten herkommen?«

Ich schüttele den Kopf. Wie kommt er denn jetzt darauf?

Gunnar lehnt sich zurück, und die Stuhllehne knarzt verdächtig. »Sie glauben, das Nordlicht macht schöne Kinder.« Er grinst breit, und ich glaube, jetzt fühlt sich mein Kopf nicht nur heiß und rot an, er ist es auch. »Was meine Fohlen angeht, kann ich das jedenfalls nur bestätigen. An dem alten Glauben ist vielleicht mehr dran, als wir Ausländer glauben«, fährt er fort. Er mustert mich wieder.

Jetzt nur nichts Falsches sagen, denke ich und zucke ausweichend mit den Achseln. »Und Ljósadís hat im Hochland ihr Fohlen verloren?«

Gunnars Miene verhärtet sich wieder, als er nickt. »Den kleinen Ljóri, ja. Während des großen Pferdeabtriebs Ende September. Ich wollte ihn bei der nächsten Zuchtschau vorstellen, zusammen mit seiner Mutter, im Sommer beim Landsmót. War ein Prachtkerl, der Bursche, ein Mausschecke mit einer ganz besonderen Laternenzeichnung. Na. Hat nicht sollen sein.« Ächzend steht Gunnar auf. »Jedenfalls weißt du jetzt Bescheid. Schätze, deine Mutter und die anderen sind in einer halben Stunde zurück. Mach dir ein warmes Bad, wenn ihr wieder im Hotel seid.«

Scherzkeks, wir haben nur 'ne Dusche, liegt mir auf den Lippen. Aber ich schlucke es runter. Außerdem kommt da meine Suppe. Zusammen mit einem Becher Tee. Einem großen diesmal.

»Geht aufs Haus«, brummt Gunnar im Vorübergehen Theres zu, während sie mir mit dem klappernden Geschirr entgegenbalanciert. Sophie ist damit beschäftigt, den Wasserfleck vor dem Tresen aufzuwischen, den Gunnar hinterlassen hat.

»Mahlzeit«, wünscht Theres, stellt das Gedeck ab und rauscht wieder davon. »Warte mal bitte«, bremse ich sie aus.

»I muss wüüder inn Stall«, sagt sie quengelig.

»Nur ganz kurz«, bitte ich. »Dieses Landsmót im Sommer. Was ist das genau?«

»Des is a Riesenfest, wo's nur alle zwaa Jahr gibt«, erklärt sie, und kurz leuchten ihre Augen. »Da kommen alle Spitzenpferdln ausm ganzen Land und Züchter und Zuschauer, und jeder derf mitmachen. Es gibt a Turnier und a Mordsgaudi.«

Ich nicke ungeduldig. Sophie steht hinter dem Tresen und klirrt auffordernd auffällig mit schmutzigen Gläsern. »Und dieser Viehmarkt?«

»Der nach'm Abtrieb im Herbst?«, fragt Theres nach. Ich nicke. »Wenn mir die Pferdln ausm Hochland heimhol'n, nachher werden's separiert. Olle zu ihr'm jeweiligen Besitzer. Und die sortiern's dann. Die Guut'n ins Töpfchen. Die schlechten –«

»Und das heißt bitte was genau?«, unterbreche ich. »Dass Ljósadís verkauft wird?«

»Ja, eh«, gibt sie ein bisschen beleidigt zurück. »Aber eher ned fürn Export.« Sie schaut mich wieder so komisch an. »Die wird gschlocht wer'n.« Ich schlucke trocken.

»Theres!« Sophie ruft und klingt etwas ungehalten.

»Warum wüüllst denn des olles wiss'n?«, fragt die Österreicherin, während sie nach meiner leeren Teetasse angelt. Sie wirft mir einen verschwörerischen Blick zu. »Magst wieder mit'm Reiten anfangen?«

Ich schüttele heftig den Kopf, und sie zuckt mit den Schultern. »Dann ned. Mir tat was fehlen. I muss eh in die Küche zum Hölfn. Die neuen Gäste kummen gleich«, entschuldigt sie sich dann und flitzt.

Auch gut.

Ich habe viel nachzudenken.

Kári verließ die Höhle und schwang sich auf sein Pferd. Er war aufgewühlt, zornig, unzufrieden, verwirrt … alles auf einmal. Wieso sagte sie ihm nicht, was er wissen wollte? Wissen musste? Was sollte das geheimnisvolle Gerede der alten Kräuterfrau? Sie hatte sein Leben durcheinandergebracht, ohne ihn vorher zu fragen oder wenigstens zu warnen. Was sollte das alles? Führte sie etwas im Schilde? Und warum hatte er in der Nacht immerzu das Gesicht des Mädchens vor sich gesehen? Waren sie jetzt quitt? Sie hatte ihm geholfen und er ihr. Ungefragt, einer dem anderen.

Aber warum fühlte er sich von ihr angezogen? Was war das für eine Verbindung zu einer Fremden? Die Pferde beschützten sie. Das war ganz offensichtlich. Lag es daran? War sie wie er, auch wenn sie … nicht wie er war? Er hatte noch nie von Ähnlichem gehört, und die Kräuterfrau schwieg sich aus. Noch nie hatte er es gewagt, das Wort einer der Ältesten infrage zu stellen. Das war ungeheuerlich. Doch das hier … das war es auch.

Er schloss die Augen, versuchte, ruhig zu atmen, sich auf den klaren Takt seines Pferdes zu fokussieren. Aber sein Herzschlag wollte sich dem Rhythmus der Hufe nicht anpassen, und sein Atem brauchte eine ganze Weile, bis er sich beruhigte. Und immer noch sah er ihr Gesicht. Ihre blaugrauen Augen zwischen den seegrasfarbenen Haaren. Wie erstaunt sie ihn angesehen hatte. Erschrocken. Und verwirrt. Genauso verwirrt wie er. Es war wie ein Galopp durch die Brandung, wenn er an sie dachte. Kàri schlug den Pfad zum Meer ein. Er brauchte Wind in seinen Haaren und klare Luft. Sein Herz hämmerte im Takt mit den Hufen. Erst als ihm Sand und Gischt ins Gesicht spritzten, konnte er seine Gedanken und Gefühle einigermaßen ordnen. Er fasste einen Entschluss. Dann lenkte er Mánadís nach Hause.

6. Nordlicht

»Wahnsinn, war das kalt«, begrüßt mich meine Mutter mit strahlenden Augen. Sie wirft unsere Klamotten aus dem Spind auf einen freien Stuhl und drückt mir ihre eiskalten Hände ins Gesicht, das grade wieder halbwegs auf Normaltemperatur angekommen ist. Ich schnappe nach Luft. »Schade, dass du nicht mit warst«, sprudelt sie weiter wie ein Wasserfall. »Was für ein Abenteuer! Wir haben einen Fluss durchquert. Ständig muss man irgendwelche Gatter auf- und wieder zumachen. Runtergefallen bin ich auch. Na, das wird einen blauen Fleck geben. Aber nix passiert. Ich hab auch ganz viele Fotos gemacht. In den Pausen. Beim Reiten natürlich nicht. Da war ich froh, dass ich Handschuhe anhatte. Der Wind kam zeitweise waagerecht von vorn! Das muss ich unbedingt noch mal machen. Und bei dir so? Wieder beruhigt? War's sehr langweilig?«

Ich stutze einen Augenblick. Ach ja. Unser Streit. »Schnee von gestern«, kalauere ich und ernte einen schrägen Blick von Gunnar, der wieder am Tresen steht und zuhört. Allerdings eher, weil er den Gästen – also uns und einer zweiten Reitgruppe – das Büfett erklären will und wann wir wieder zurückfahren und all so was. Ich stupse Mom an, und wir hören ihm zu.

Dann stürzen wir uns aufs Essen. Hausgebackenes Brot mit frischer Butter, verschiedene Aufstriche und dazu Eintopf. Wikinger wissen, was man bei so einem Wetter braucht, auch wenn sie aus Österreich, Deutschland oder Schweden kommen. Obwohl ich schon eine Portion Vorsprung habe, gehen Mom und ich noch zweimal zum Büfett, um unsere Teller nachzufüllen. Die Schüsseln sind sehr klein, und ich habe wirklich Hunger.

»Niedliche Blümchendekoration«, meint Mom und deutet mit dem Stiel ihres Löffels auf mein Aufregergeschenk des Tages. »Woher bekommt man denn zu der Jahreszeit Wildblumen? Nein, warte, das sind ja Kräuter. Guck mal, Huflattich, der hilft gegen Husten. Und das da sind Schlüsselblumen und Malven, Pfefferminze und Ehrenpreis. Gut bei Fieber.«

»Ach, die haben doch hier überall Gewächshäuser«, weiche ich aus und unterbreche ihren botanischen Vortrag. Kurzfristig.

»Na, schau, so ein Sträußchen steht an keinem anderen Tisch.« Mom grinst mich an. »Hast du dir vielleicht einen Verehrer angelacht, während ich ausreiten war?«

Ich verdrehe die Augen. »Ja klar … Mom. Ich muss noch meinen Overall zurückbringen. Bist du fertig mit Essen?

Sie stutzt einen Moment. »Wieso ist das Ding denn noch hier? Warst du noch mal draußen?«

»Nicht wirklich«, behaupte ich. »Ich bin reingegangen, nachdem ihr weg wart.«

Gunnar sitzt in Hörweite auf einem Barhocker am Tresen und räuspert sich vielsagend. Ich werfe einen nervösen Blick hinüber. Aber er hat sich bereits wieder in eine Zeitung vertieft, und Mom hat anscheinend nichts mitbekommen. Zum Glück.

Ich habe so was von keine Lust, jetzt über all das zu reden, was zwischen »Wünsch mir viel Spaß« und »Wahnsinn, war das kalt« so passiert ist.

Schon auf der Fahrt mit dem Kleinbus zurück ins Hotel dämmere ich immer wieder weg. Dabei ist es erst Nachmittag.

Jetzt, wo es eigentlich keine Rolle mehr spielt, kommt sogar die Sonne raus. Ich muss zugeben, die glitzernden Punkte, die das Licht auf dem frischen Schnee reflektieren, sind das Tüpfelchen auf dem i – einfach umwerfend. Weite Landschaft und darüber ein blank geputzter blauer Himmel. Ein magisches tiefgefrorenes Wunderland.

Meine schläfrigen Gedanken schweifen zu dem sonderbaren Jungen und einer traurigen Stute, und dabei drehe ich die Blümchen in meiner Hand.

Erst wollte ich den Strauß auf dem Tisch zurücklassen, aber als wir schon halb beim Bus waren, bin ich doch noch einmal zurückgerannt und habe ihn mir gegriffen, bevor Sophie die Kräuter womöglich zusammen mit Essensresten und Servietten in den Müll donnert. Zuzutrauen wäre es ihr. Dummerweise bin ich bei der Aktion noch mal Gunnar in die Arme gelaufen. Er hat mich kurz angeguckt und mit dem Finger einmal gegen meine Stirn gepikt: »Aus Ponys kann man rauswachsen, Elin. Aber nicht aus Pferden.« Damit hat er mich stehen lassen. Er ist einfach weitergegangen und hat dabei gesungen.

Und ich frage mich, ob ihm vielleicht kurz vorher jemand anderes, mit dem ich zufällig ziemlich verwandt bin, ein Liedchen geträllert hat.

Über mich.

Ich muss wieder eingeschlafen sein, und zwar tief und fest, denn als wir mit einem quietschenden Ruck halten, stehen wir schon vor unserem Hotel. Mein Kopf rutscht von Moms Schulter. Sie sieht auch nicht unbedingt hellwach aus.

Tapfer kämpfen wir uns hoch. Meine Mutter verabschiedet sich stolz mit »takk fyrir« vom Fahrer und stupst mich an. »Los, bedank dich auch!«

Ich überlege, woher sie auf einmal Isländisch kann, und plappere die Phrase, so gut ich kann, nach – in der Hoffnung, dass es auch wirklich so was wie »vielen Dank« heißt und wir nicht aus Versehen eine Waschmaschine kaufen oder den armen Mann gleich im Doppelpack wüst beschimpfen.

Aber der Fahrer nickt freundlich und erwidert: »Ekkert að þakka.« Nichts zu danken oder so ähnlich. Klingt beeindruckend. Wie lange man wohl üben muss, damit das halbwegs isländisch klingt?

Doch dann sagt er glatt: »Bis zum nächsten Mal«, und ich bin auf einmal hellwach, nicht nur wegen des Deutschen. Denn Mom antwortet: »Ja, genau! Ganz bald! Ich freu mich schon!«

Sie sieht meinen panischen Blick und strubbelt mir beim Hineingehen über die Haare. »Jetzt guck nicht so. Ich zwinge dich nicht, wenn du partout nicht willst. Aber ich habe seit Langem nicht mehr so viel Spaß gehabt, und das wirst du deiner armen alten Mutter ja wohl nicht verderben, oder? Also hab ich mir übermorgen noch einen Ritt gebucht. Und jetzt los, wer als Erste im Zimmer ist!«

»Warte!« Ich halte sie am Jackenärmel zurück. »Was hast du Gunnar über mich erzählt?«

»Wem?« Sie klimpert unschuldig mit den Wimpern.

»Dem Chef von diesem Hof«, helfe ich ihr auf die Sprünge.

»Ach, diesem Hünen.« Sie lacht und nimmt drei Stufen auf einmal. »Bisschen stolzen Muttertratsch. So dies und das. Nichts, was dir peinlich sein müsste. So, und jetzt komm endlich. Ich erfriere!«

»Etwa auch …?« Ich erstarre auf der Treppe. »… das mit … Sahara?«

»Ich hab nichts gesagt«, ruft Mom nach unten. »Versprochen. Der Mann ist außerdem ziemlich verschwiegen, glaub ich. Aber er hat ein gutes Gespür für Menschen.«

Ich grunze.

Etwas außer Puste gewinne ich zumindest unser kleines Knobelduell um das Recht auf die erste heiße Dusche. Mom muss obendrein noch mal nach unten laufen und uns zwei Becher Tee organisieren. Mit Muffins! Aber dass ich noch mal auf den Reiterhof mitkomme, das kann sie knicken. So leicht kann sie mich nicht bestechen. Dann werde ich mir eben einen schönen gemütlichen Tag im Hotelbett machen. Mit Chillen, Gammeln und Abhängen und ganz viel isländischer Schokolade.

Wir beschließen, im Hotel zu Abend zu essen, und machen es uns bis dahin bei einer Partie Canasta und Fernsehen im Bett gemütlich.

Es läuft ein ziemlich guter Hollywoodfilm über ein Zaubererquartett, das Robin-Hood-mäßig alle austrickst. Englisches Original mit isländischen Untertiteln. Witzig. Mom lässt sich von Woody Harrelson so ablenken, dass ich haushoch gewinne.

Leider vergisst sie darüber aber nicht, mir unbequeme Fragen zu stellen. »Jetzt erzähl schon, was hast du angestellt?«

»Wieso?«, kontere ich mit einer Gegenfrage und überlege, ob ich einen Handcanasta riskieren soll. Mom lehnt sich an den Kissenberg in ihrem Rücken, legt ihre Karten *natürlich verdeckt* in den Schoß und verschränkt die Arme. »Na, glaubst du, ich bin blind?«, beginnt sie das Verhör. »Hast du das Getuschel der Mädchen nicht mitbekommen?«

Ich schüttele den Kopf. Nichts als die Wahrheit, Euer Ehren. »Was haben sie denn getuschelt?«, frage ich ehrlich erstaunt – und ein bisschen misstrauisch.

Mom feixt und lehnt sich noch weiter zurück. »Ich hab ja leider nicht alles mitbekommen. Aber sie sind schier geplatzt, weil sich der Chef so lange mit dir unterhalten hat. Hat er?«

»So viel haben wir gar nicht geredet«, weiche ich aus und entscheide mich für das Risiko mit dem vollständigen Canasta auf der Hand. Nur noch eine Runde, dann habe ich sie in der Tasche.

Die Magier im Film rutschen grade durch eine Röhre vom Hochhaus direkt in einen chinesischen Wäschekeller. Mom nimmt ihre Karten wieder auf und zieht vom Stapel. Oh bitte, lieber Gott, lass mich das passsende Blatt bekommen.

»Hast du den Strauß etwa von diesem Gunnar bekommen?«

»Was? ... Mom! Nein!« Ich bin einen Moment lang unkonzentriert, und *zack!* hat sie nur noch eine Karte, legt ab und beendet das Spiel. Und ich verhungere mit vier Trümpfen auf der Hand und lauter Miesen. »Das kannst du nicht machen, Mom! Ich bin dein einziges Kind!«

Sie lacht und fängt an zu rechnen. »Wer zockt denn hier die ganze Zeit wen ab? Eine Partie werde ich ja wohl auch mal gewinnen dürfen!«

Ich grummele.

»Und worüber habt ihr ... gar nicht so lange ... geredet?«

Nicht, dass meine Mutter neugierig wäre!

»Ach, das weiß ich gar nicht mehr alles. So dies und das«, schwindele ich und fange an, neu zu mischen. Rache ist süß!

Aber Mom bremst mich aus. »Pause!« Sie rutscht sich zurecht, reibt ihren Rücken, der anscheinend doch ziemlich wehtut, und grinst mich an. »So oder so. Ich schätze, wir beide haben auf jeden Fall einen bleibenden Eindruck hinterlassen.« Dann robbt sie von der Bettkante und angelt nach dem Telefon. »Mal hören, ob heute Nacht ein Boot mit uns ablegt.«

Tut es. Es gibt sogar eine App für Vorhersagen von Aurora borealis – dem Nordlicht. Aber der Sinn, warum man mitten in der Nacht unbedingt in einer schaukelnden Nussschale zusammen mit einer Ladung seekranker Touristen rausfahren muss, um sich den Nacken zu verrenken, erschließt sich mir nur bedingt. Die Nacht ist nur halbwegs sternenklar. Während wir gegessen haben, hat sich der Himmel doch noch ein bisschen bewölkt, und die Polarlichtwahrscheinlichkeit ist auf der Skala von sieben auf vier gesunken. Immerhin nicht auf null. Aber der blöde Wind, der hätte doch nun wirklich nicht zurückkommen müssen, oder?

Als wir uns unter Deck – dem Heizölgestank nach zu urteilen, direkt neben dem Maschinenraum – in die schon bekannten Winterblaumänner quetschen, ist mir bereits übel von der zunehmenden Schaukelei.

Mom sieht auch ein bisschen fahl aus. »Sollen wir doch die Reisetabletten nehmen?«, fragt sie mich, und ich nicke eilig. Dumm nur, dass wir nichts zu trinken dabeihaben. Der kleine Kiosk eine Etage höher ist völlig überlaufen. Also hangeln wir uns auf dem schwankenden Schiff lieber noch ein Deck hinauf und übertünchen den widerlichen Tablettengeschmack und Dieselgeruch mit einem Pfefferminzbonbon und frischer eisiger Seeluft.

Mom klemmt sich unseren Rucksack vor die Brust, damit er bei dem Seegang nicht über Bord gespült wird, und wir beide klammern uns an die Reling, damit auch wir hoffentlich an Deck bleiben. Baden gehen möchte ich hier und heute wirklich nicht. Das Wasser ist schwarz, und die Gischttropfen, die uns ab und zu erwischen, sind eisig genug. Mir ist immer noch schlecht. Aber der Blick in den Nachthimmel ist genial. Wo die Wolken aufreißen, sehe ich die Sterne so klar wie noch nie.

»Ist das nicht wunderschön?«, säuselt Mom. »Fast wie bei *Titanic*, oder?«

Ich nicke stumm. Stumm wegen der Übelkeit. Und verkneife mir darum auch zu sagen, dass ich ganz im Gegenteil schwer hoffe, nicht unterzugehen! Der blöde Kapitän scheint es nämlich drauf anzulegen. Er kreuzt quer vor Reykjavik. Immer schön schräg hin und her. Vorgeschobener Grund: Damit wir die Lichter der Stadt sehen und fotografieren können. Aber wahrscheinlich nimmt er vor allem deswegen jede Welle quer, damit er eine Wette mit Kollegen um die meisten Grüngesichter pro Fahrt gewinnt. Ich suche hektisch mit einer Hand meine Overalltaschen ab, ohne dabei den Relingklammergriff der anderen zu lösen. Wo sind diese blöden Pfefferminzbonbons hin? Hilflos sehe ich zu Mom, aber die winkt mir grünglücklich lächelnd mit einer Spucktüte in der Hand zu.

Als wäre das noch nicht übel genug, rezitiert der isländische Schiffer allen Ernstes über den Bordlautsprecher düstere isländische Gedichte: um die Nordlichter zu beschwören!

Die haben doch echt alle einen an der Waffel auf dieser Insel, oder? Wäre ja auch kein Wunder – rein wissenschaftlich betrachtet. Ich meine, es gibt nicht mal 330 000 Isländer. Das sind grade mal halb so viele Leute, wie in Hannover oder Leipzig wohnen! Seit 1200 Jahren leben die jetzt hier unter sich, da sind doch längst alle miteinander verwandt. Und dass so was zu Problemen führt, das weiß ich aus dem Biounterricht.

Doch dann sehen wir sie! Der Kapitän schmettert stur seinen Dank an den verstorbenen Nationaldichter durchs Mikro, und alle Touristen starren mit ehrfürchtigen vielsprachigen »Ahs« und »Ohs« in dieselbe Richtung am Nachthimmel.

Ich kneife angestrengt die Augen zusammen. Grün ist da nix. Mit viel gutem Willen erkenne ich einen grauen Schleier am Horizont, und dann huscht senkrecht eine Schwade hinterher und kreiselt ein wenig. So ein bisschen wie ein schwarz-weißes Zeitlupenfeuerwerk in ganz schön unscharf.

»Das ist alles?«, raune ich Mom zu. Die hat inzwischen ihre Spucktüte in die Brusttasche geklemmt, umarmt die Reling in einer seltsamen Verrenkung, um die Hände für ihr Smartphone frei zu haben, und fotografiert – was auch immer –, was das Zeug hält und der Seegang erlaubt.

Ein bisschen enttäuscht bin ich schon. Das hatte ich mir um einiges spektakulärer vorgestellt. Ich gähne und muss dabei sauer aufstoßen. Und dann kommt schon die nächste Welle und hebt meinen Mageninhalt kurz an, um ihn mit etwas mehr Verzögerung als den Rest von mir wieder fallen zu lassen. Und der Herr Kapitän ist wieder in seine Leierphase verfallen und zitiert die nächsten isländischen Dichter und Denker.

Pfefferminz. Schnell!

»Ich will auch!«, stöhnt Mom, so laut sie kann, und tauscht das Handy gegen ihre Spucktüte. Es zieht sich wieder zu. Die Wolken liefern sich ein Wettrennen mit unserem Boot. Die Wellen schwappen unbarmherzig weiter gegen den Schiffsrumpf, und die meisten Touristen verschwinden im Inneren, denn der Kapitän kündigt zwischen zwei Sonetten bereits das Ende unserer kleinen Tour an.

Weicheier! Sind es wohl nicht gewohnt, ordentlich zu frieren im Freien?! Wir dagegen haben ja schon anderthalb Tage Island-erfahrung auf dem Buckel, beziehungsweise in den dauergefroste-ten Knochen.

Ich habe es überhaupt nicht eilig, die frische Luft gegen den Ge-stank im Schiffsrumpf einzutauschen. Das schiebe ich gern noch ein Weilchen auf und kuschele lieber weiter mit den ehrlichen Metallrohren der Reling.

Wir nehmen Kurs zurück auf den Hafen von Reykjavik. Da zeigt Mom schräg nach oben. Wir strahlen uns an. Der Wind hat den Himmel nur für uns noch mal weit aufgerissen. Und jetzt sieht es wirklich so aus, als würden da oben Elfen in grau-grünen Schleiern miteinander tanzen.

»Ist das nicht der Wahnsinn?«, schreit Mom gegen den Motoren-lärm, Kapitänssingsang und Wellen an. »Und auf den Fotos sieht es bestimmt noch viel schöner aus. Die schauen wir uns später an.«

»Unbedingt«, brülle ich zurück und bin zu müde, sie darüber aufzuklären, dass ihre Bilder komplett verwackelt sein werden. Kein Stativ, keine Langzeitbelichtung, aber dafür Seegang bis zum Anschlag.

Zum zweiten Mal heute bin ich komplett durchgefroren. Mir war noch nie so schlecht, und das Einzige, was die ollen Reisetabletten bewirkt haben, ist ein weiterer bitterer Geschmack im Mund. Oh, und ich könnte im Stehen einschlafen.

Darum verschlafe ich die komplette Rückfahrt durchs nächtliche Reykjavik. Mom muss mich ordentlich schütteln, damit ich wach werde, als wir an unserem Hotel halten. Ich erinnere mich an einen ziemlich wirren Traum: von einem noch viel spektakuläreren smaragdgrünen Nordlicht, von Gunnar und von dem Pferdeabtrieb, bei dem das kleine Fohlen verloren ging. Ich bin mit Gunnar zu Ljósadís gerannt, nachdem ihr Fohlen abgestürzt ist. Die kleine Stute hat mich herzzerreißend angewiehert. Aber in meinem Traum haben es die tanzenden Polarlichter davor bewahrt, in eine Schlucht zu stürzen. Sie haben es wie in einem Sprungtuch aufgefangen und in einem rosafarbenen Schleier sanft ins Tal schweben lassen. Da hat es der sonderbare Junge in die Arme geschlossen und ist mit ihm mitten durch einen Felsen getreten, der zu einem grün schillernden Wasserfall aus Nordlicht wurde.

Simsalabim! Wie passend für die Lichtfee und ihr Fohlen. Nur dass man im Sommer gar keine Nordlichter sieht, liebes Unterbewusstsein, viel zu hell sind dann die Polarnächte. So viel weiß sogar ich inzwischen über Island. War wohl doch alles ein bisschen viel heute.

»Ich muss ins Bett«, brabbele ich, und Mom schiebt mich halb die Treppen hinauf. Im Halbschlaf putze ich mir die Zähne, und dann bekomme ich nur noch mit, wie ich mit dem Nachthemd halb über dem Kopf ins Bett falle, Mom mir drei Lagen Hosen auszieht und mich zudeckt.

Ganz gepflegt verschlafen wir beide erst mal den nächsten Morgen. Ich wache erst auf, als das Zimmermädchen mit einem Ungetüm von Staubsauger über meine Schuhe stolpert. Kann sein, dass ich die in der Nacht ein bisschen unglücklich geparkt habe. Jedenfalls erschrickt sie sich genauso sehr wie ich, als sie uns entdeckt.

»Wie spät ist es?«, frage ich alarmiert. Wahrscheinlich lässt mein Gesichtsausdruck nur eine mögliche Antwort zu, egal, ob sie die Frage verstanden hat oder gut im Raten ist. »It's half past eight.«

»Was sollen wir jetzt machen?«

Sie sieht mich bekümmert und ein bisschen ratlos an.

Halb neun. Es lebe die Zeitverschiebung! Bei uns wäre es schon halb zehn. Kurzfristig erleichtert atme ich aus. Aber trotzdem! Das gehört sicher nicht zu Moms Plan. Ich rüttele an meiner komatösen Mutter herum. »Mom? Mom! Wir haben verpennt! Hatten wir heute nicht was vor?«

Mom reibt sich die Augen und stöhnt. Dann sieht sie verschlafen von mir zu der Angestellten, die sich grade dezent zurückziehen will, und dann wieder zurück zu mir. »Ach du Schreck. Die Wale!«, ruft sie dann plötzlich und hechtet aus dem Bett.

Im Eiltempo schlüpfen wir wieder in unseren Zwiebellook. Ich bin ja durchaus lernfähig: Unterwäsche, noch mal Unterwäsche, darüber T-Shirt, Sweatshirt und Pulli und dann noch die Winterjacken unter den Arm, die wir erst draußen anziehen. Zwischendrin stopfen wir alles in unseren Rucksack, was wir fürs Überleben am Polarkreis als sinnvoll erachten, und rennen nach unten.

Mein Magen knurrt. Hoffentlich ist noch irgendwas übrig am Büfett, und hoffentlich lässt der Bus sich und uns noch etwas Zeit dafür. Wahrscheinlich glotzen uns die Pyjama-Japaner im Früh-stücksraum genauso verwundert an, wie wir sie am Vortag, als wir im Dauerlauf einfallen und dabei versuchen, uns nicht vom eige-nen Rucksack ein Bein stellen zu lassen. »Ihr Bus kommt in zehn Minuten«, verkündet der freundliche Mann hinterm Tresen, ohne die Miene zu verziehen. Der sieht solche Last-Minute-Auftritte wohl öfter.

Ich schaue Mom an. Wir nicken uns zu. Das ist Zeit genug. Schnell essen, das können wir.

Kári wälzte sich die halbe Nacht schlaflos hin und her. Dann gab er auf, setzte sich mit einem heißen Kaffee an das kleine Fenster über seinem Bett und starrte in den Nachthimmel, der ihm ebenso ruhelos vorkam, wie er selbst es war. Die Wolken rissen auf, drifteten auseinander und gaben die Sterne frei. Und als seine Augen sich an das Dunkel gewöhnt hatten, konnte Kári die ersten Lichter tanzen sehen. Grau und fahl zuerst, aber dann leuchtender, grünlich schimmernd, sogar rosa. So wie damals, als er im Hochland die ersten Fohlengeburten des Frühjahrs bewacht hatte, damit den Kleinen und ihren Müttern nichts geschah. Das gehörte mit zu den uralten Traditionen der Húldu-Gemeinschaft. Sie halfen den Pferdezüchtern aus dem Tal, ohne sich dafür in den Vordergrund zu spielen. Nicht immer wurde das überhaupt bemerkt, geschweige denn gewertschätzt. Aber die Ratsmitglieder kannten Mittel

und Wege, ihre Interessen durchzusetzen. Er wusste nicht viel darüber. Das war Sache der Erwachsenen.

Kári genügte es, die kleinen Mäuler das erste Mal saugen zu sehen. Wie sie auf wackeligen, winzig kleinen Hufen ihre Balance dabei suchten und mit den kurzen, noch gelockten Babyschweifen kreiselten.

Er musste an das Nordlicht in jener Nacht denken, als die Stute mit den schwarzen Strümpfen geboren wurde, und dann im vorigen Jahr ihr eigenes Fohlen. Dieses Nordlicht würde er nie vergessen. Solche Farben hatte er noch nie zuvor gesehen. Er ahnte, dass diesen Pferden ein besonderes Schicksal bevorstand. Die alten Geschichten waren voll von solchen Vorzeichen. Und die Erzählungen im Winter am Kamin ebenfalls.

Er legte sich wieder hin und fiel in unruhigen Schlaf. Er träumte von dem Nebeltag im Herbst, als er das Fohlen aus der Schlucht retten wollte. Die Reiter waren so unvorsichtig gewesen, waren so in ihre Späße und Gespräche vertieft gewesen, dass sie nicht einmal merkten, wie dicht sie an der Schlucht vorbeiritten und dass das Jungtier nicht mithalten konnte und ins Straucheln geriet. Beim Versuch, den Anschluss an die Gruppe zu finden, stürzte es ab. Es war ein Unglück, sicherlich. Ein Unfall. Aber warum war ausgerechnet er an diesem Tag dort? Das hatte er sich wieder und wieder gefragt. Hatte er das Richtige getan? Hätte er sich anders verhalten sollen? Gesetze brechen? Gesetze befolgen? Den Eltern und den Ältesten widersprechen in ihrer Entscheidung, was zu tun war? Das Schicksal verändern? Hätte es überhaupt gekonnt? Er spürte den Schmerz der Mutterstute über den Verlust, als sei es sein eigener.

Im Traum wälzte er sich hin und her. Grübelte. Wie schon so viele Male zuvor. Doch heute Nacht war etwas anders. Heute Nacht gab es

eine Beobachterin. Er sah das Mädchen mit den Sturmaugen am Wasserfall stehen. Was hatte es auf einmal hier zu suchen? Was machte sie in
seinem Traum? In Schweiß gebadet schreckte er hoch.

7. Der Pferdejunge

»Entspannter Urlaub geht aber irgendwie anders, oder?«, keuche ich, als wir nebeneinander im Bus sitzen. Ich habe noch mein halbes Frühstücksbrötchen in der Hand.

»Das hier sind Abenteuerferien, von Entspannung hab ich nie was gesagt!« Mom hält mir vergnügt japsend eine Reisetablette und die Wasserflasche hin. »Heute sind wir schlauer, oder?«

Entschlossen greife ich zu. Die Erinnerung an die Übelkeit vom Vortag steckt mir noch in den Knochen. Das brauche ich so schnell nicht noch mal. Zum zweiten Mal innerhalb von 24 Stunden werden wir zum Hafen Reykjaviks gefahren. Auch dieser Fahrer erzählt uns und den zusteigenden Gästen aus anderen Hotels allerlei Geschichten über die Insel und die Hauptstadt.

Ich höre Musik von meiner Handyplaylist, einen Kopfhörer im Ohr, der andere baumelt herunter. Manches, was der Typ sagt, interessiert mich nicht die Bohne, da schalte ich ab oder drifte weg zu meinem eigenen Soundtrack. Einiges ist total schräg und cool. Dass sie ihr Telefonbuch nach Vornamen sortiert haben, zum Beispiel. Aber am besten gefällt mir die Story, dass die Isländer sich einen eigenen Badestrand direkt in Reykjavik aufgeschüttet haben. Und damit sie da auch schwimmen können wie im Mittelmeer, pumpen diese Verrückten einfach über eine Pipeline heißes Wasser in den Atlantik. Ich meine – hallo! – direkt ins Meer! Zwischen die Eisberge sozusagen! Kostet ja nix. Gibt genügend heiße Quellen. Das ganze Land ist quasi ein einziges dampfendes, rauchendes Heizkraftwerk. Die sind so durchgeknallt, diese Wikinger, das finde ich großartig!

Unser Bus hält direkt am Hafen. Total niedlich, die bunten Häuser und Holzplanken und Buden mit Souvenirs und Ticketverkauf für die verschiedenen Touren. Alles bunt und überall kreischen Möwen und andere Seevögel in der Sonne. Ich muss die Augen zukneifen, so hell ist es. Der Busfahrer erklärt uns, wo er später parkt, damit wir ihn nach der Tour wiederfinden, und zeigt uns, an welchem der kleinen Häuschen wir unseren Reisegutschein gegen ein Bootsticket umtauschen können.

Alles wie gestern, nur in hell. Unter strahlend blauem Himmel drückt Mom einem Steward mit Wollmütze unsere Tickets in die Hand, und wir stapfen über den Bootssteg an Bord.

»Das ist aber nicht derselbe Kutter wie letzte Nacht?«, frage ich misstrauisch.

Mom hebt die Schultern. Ihre Mundwinkel zucken. »Ich hoffe, inständig, dass der Kapitän sich ausschlafen darf und jemand anderes die Tagschicht übernimmt.«

»Und dass die Wellen sich ebenfalls schlafen gelegt haben!«, ergänze ich flehend.

Unsere Bitten werden erhört.

Die See ist zwar nicht das, was man spiegelblank nennt, aber auch nur noch in etwa so gekräuselt wie unsere Tischtücher vorm Bügeln, wenn sie zu lange im Wäschekorb gelegen haben. Nicht wirklich glatt, aber auch nicht so schlimm. Für den Atlantik ist das mehr als okay, schätze ich.

Das Meer ist ruhig, der Kapitän auch, und wir werden ebenfalls ganz still. Wir sitzen in unseren altbekannten warmen blauen

Leihoveralls windgeschützt auf einer Bank an Deck und lassen uns die Sonne ins Gesicht scheinen – also, in das, was davon zwischen Mütze und Schal rausguckt. Nur leider fallen uns die Augen permanent zu, weil die blöden Pillen so müde machen und der Schiffsmotor eintönig einlullend vor sich hin brummt. Und ich habe noch dazu meine Sonnenbrille vergessen. Wer rechnet auch damit, dass man die hier brauchen könnte?

Außerdem passiert nicht wirklich was. Irgendein Typ bricht das idyllische Hintergrundmurmeln. Er stellt sich als Sven vor und gehört mit zur Crew (was man auch an der Wollmütze sieht, auf der »Crew« draufsteht). Sven also steht wie Kapitän Ahab über unseren Köpfen auf der Brücke und hält mit lauten Kommentaren für uns Ausschau nach Walen und Delfinen. Zu seinen Füßen scharen sich die ganz Eifrigen und versperren uns komplett die Sicht über die Reling. Alles voll mit Overallrücken. Nur ihre Stiefel und Schuhe sind unterschiedlich, daran kann man uns Touristen unterscheiden.

Es dauert keine halbe Stunde, da haben wir unseren freien Blick wieder, ohne aufzustehen. Sven hat seinen Ausguckposten verlassen, und mit ihm löst sich die fotografierbereite Menschentraube um ihn herum auf. Selbst die Neugierigsten haben die Geduld verloren und ziehen sich unter Deck zurück.

Weit und breit keine Spuckfontäne, kein großer dunkler Schatten. Kein Koloss, der sich wie auf den schicken Hochglanzpostkarten aus dem Meer hievt, um mit einem Riesenplatsch wieder hineinzukrachen. Nur ein paar Möwen. Enttäuscht höre auch ich auf, den Horizont abzuscannen, und mache die Augen wieder zu.

Sven bemüht sich von drinnen von der sicherlich beheizten Brücke, die Sichtungsflaute zu überbrücken. Der Kapitän wählt einen anderen Kurs und will weiter oben vor der Küste noch mal versuchen, ein paar Tiere für uns aufzutreiben.

In der Zwischenzeit erzählt Sven ein bisschen was über die Geschichte seiner Landsleute. Vom Walfang und dass das alles noch gar nicht so lange her ist mit den Jagden im großen Stil. In den Neunzigern bekam man Walfleisch nur in einem einzigen Restaurant in Reykjavik als teure Spezialität. Das waren die Restbestände aus einer 40-Tonnen-Fracht, die ausgerechnet nach Deutschland exportiert werden sollte. Aber bei uns gab es Proteste, keiner wollte das Fleisch mehr haben, und schließlich hat es die isländische Regierung dann einem Spitzenkoch mit Ausnahmegenehmigung geschenkt, der es nach und nach verarbeitet hat.

Heute ist der Walfang leider wieder erlaubt. Ich finde das übel. Aber offenbar wird immer weniger gejagt, weil sich die Touren mit den Touristen mehr lohnen, und dafür sollen die Wale sich angstfrei zeigen.

Sven lacht. Zu guter Letzt empfiehlt er, doch mal den berühmt-berüchtigten Gammelhai zu probieren. Mom schaut mich abenteuerlustig an. Aber da erzählt Sven, wie dieser Hákarl hergestellt wird: Erst legen die Isländer den Hai in eine Sandgrube. Nach ein paar Wochen hängen sie ihn zum Trocknen auf. Danach stinkt das Fleisch wohl immer noch nach Ammoniak und ziemlich faulig, und der Geruch bleibt ewig in den Klamotten hängen. Ich hab darüber schon im Reiseführer gelesen. Wie es schmeckt, daran mag ich gar nicht denken. Auf jeden Fall wird es seinen Grund haben, wieso die Isländer ihren Gammelhai mit jeder Menge Schnaps hinunterspülen.

Ich verzichte dankend und weiß nicht, was ich ekliger finde.

»Na gut, vielleicht lieber doch nicht«, meint Mom und zwinkert mir zu. »Man muss ja nicht alles versuchen, was die Einheimischen gut finden.« Ich grinse schläfrig. »Wahrscheinlich ist dieser Hákarl einfach eine Mutprobe für Touristen, und die Isländer lachen sich scheckig über jeden, der drauf reinfällt und das Zeug tatsächlich probiert.«

»Kann auch sein.« Mom lacht und gähnt gleichzeitig.

Ich schließe die Augen und strecke meine Nase der Sonne entgegen. Sehr viel mehr von meinem Gesicht schaut auch jetzt noch nicht aus der Verpackung. Der gelbe Ball da oben wärmt zwar ein bisschen, aber es ist trotzdem eisig kalt. »Wollen wir uns einen Kaffee holen?«, schlage ich vor und wälze mich träge zu meiner Mutter herum. Die ist doch tatsächlich eingepennt!

»Mom!«, flüstere ich empört und schubse sie ein bisschen. »Mhhhmmmh«, beschwert sie sich und rückt ihren Kopf an meiner Schulter zurecht. »Mom, wir verschlafen unsere Walbeobachtungstour. Los, komm schon, wir stellen uns an die Reling.«

»Nur fünf Minuten«, bettelt meine Mutter und brummt beleidigt, als ich aufstehe und ihr dadurch die Nackenstütze entziehe. Aber wenn ich sitzenbleibe, ist gleich keiner von uns mehr wach. Ich überlege kurz, ob ich uns zwei Kaffee von unter Deck holen soll. Die Aussicht auf noch mehr Dieselgestank und das Gedrängel zwischen lauter fremden Leuten auf engem, stickigem Raum ist leider schlimmer, als keinen Kaffee zu haben. Ich sehe unschlüssig zu Mom. Ob ich sie hier mit unserem Rucksack sitzen lassen kann? Ich stopfe ihr das Ding zwischen die Arme und wickele den Riemen um ihr Handgelenk. Nachdem sie das schon nicht wirklich mitbekommt, würde sie den umgekehrten Weg durch unbefugte

Hände wohl ebenso verpennen. Aber so ein Rucksackdieb müsste ja mit unserem Gepäck auch erst mal von Bord entwischen. Und laut Plan sind wir noch mindestens eine Stunde auf See. Für nix und wieder nix. Kein Wal, weder ein großer blauer noch ein kleiner Zwergwal. Nicht mal ein einziger kleiner Delfin. Nicht mal von Weitem. Schöner Mist! In der Zeit hätte ich im Hotel schon dreimal gegen Mom beim Canasta abräumen können. Und dabei warme Füße behalten.

Ich erkunde das Deck. Groß ist das Schiff ja nicht. Höchstens zehn Meter von Backbord nach Steuerbord und maximal zwanzig in der Länge. Am Bug, durch eine Absperrung getrennt, steht eine bestückte Harpune. Wenn ich ein Wal wäre und würde so ein Ding an Bord eines Schiffes sehen, hätte ich auch keine große Lust, mich zu zeigen. Ich schlucke trocken, als ich mir vorstelle, wie dieses Mordwerkzeug auf ein lebendiges Ziel gefeuert wird, das dicht unter der Meeresoberfläche vor dem Schiff wegtaucht. Gruselig. Lieber schnell an was Schönes denken.

Ein Pärchen quatscht mich auf Englisch an und bittet mich, ein Foto von ihnen zu machen. Ich nicke, lasse mir geduldig das Smartphone erklären, als hätte ich noch nie eins in der Hand gehabt, und gehe ein paar Schritte rückwärts, um ihren Wunsch zu erfüllen.

Wir schippern grade dicht an der Küste entlang. Die Felsen scheinen zum Greifen nah. Nur zehn, zwanzig Schwimmzüge, und man wäre an Land – oder auch nicht … Ich stelle die beiden scharf und drücke dreimal ab. Zweimal quer, einmal hoch. Da entdecke ich etwas im Sucher. Ich lasse das Smartphone sinken und beschatte meine Augen mit der Hand, um besser sehen zu können.

Das Pärchen bedankt sich in einem Wortschwall für das Foto und erzählt, dass sie grade in den Flitterwochen seien. »Congratulations«, murmele ich abgelenkt und drücke der Frau ihr Handy in die Hand, ohne sie länger anzusehen. Ich gehe an ihr vorbei zur Reling und blinzele zu den Klippen hinüber. Das bilde ich mir jetzt ein, oder?

Da oben, nur einen Steinwurf entfernt, steht wieder dieser Junge. Der vom Flughafen. Und vom Reiterhof. Er steht neben einem Pferd, das der traurigen mausfalben Stute zum Verwechseln ähnlich sieht. Ljósadís. Oder haben diese Tabletten Nebenwirkungen? Hinter ihm erkenne ich die windfarbene Stute mit der Silbermähne. Ob sie immer noch lahmt? Und daneben steht der Schimmel, auf dem er das erste Mal weggeritten ist.

Das kann nicht sein! Verfolgt der mich? Aber woher sollte er wissen, wo wir grade sind?

»Pardon?«, fragt der Engländer irritiert.

Habe ich laut geredet? Ich schaue an ihm vorbei.

»Nothing«, brabbele ich abwesend. Ich kann nicht aufhören, dort hochzustarren. Als würden der Junge und seine Pferde verschwinden, wenn ich den Blick abwende oder auch nur blinzele. Die Mähnen der Pferde bauschen sich im Wind. Sie stehen da wie wunderschöne, lebensechte Statuen. Unbeweglich.

Der Junge starrt genauso bewegungslos zu mir herunter. Das tut er doch? Er sieht mich an, oder nicht? Wie in Zeitlupe hebe ich meinen Arm und winke zu ihm hinauf. Langsam, zögernd. Und er winkt tatsächlich zurück, in einer einzigen großen Bewegung. Als würde er einen Regenbogen malen, weit über den Horizont. Mit einem flatternden Stück Stoff in leuchtendem Blau und Orange.

111

Das ist mein Gitarrenhalstuch! Er hat es noch! Mein Herz setzt einen Schlag lang aus. Dann klopft es wie wild.

Im nächsten Moment knarrt und röchelt der Bordlautsprecher. Sven ist wieder bei uns. »Delfine auf neun Uhr!« Aufgeregtes Geplapper. Unruhe entsteht. Die Touristenmasse wälzt sich aus der Cafeteria an Deck, zwängt sich aus den Holztüren mit den runden Bullaugen und quetscht sich drängelnd und schiebend auf die andere Seite des Bootes in Richtung der offenen See. Ohne Rücksicht auf mich oder meine Magengrube. Ich muss kämpfen, damit ich nicht weggeschoben werde.

Ich drehe mich kurz um, sehe tatsächlich fünf, sechs, nein, sogar sieben Delfine mehrmals aus dem Wasser steigen und in großen Bögen wieder eintauchen, bevor die juchzende Menschenmenge die Sicht versperrt. Mein Blick sucht wieder in der anderen Richtung. Stellt Kontakt her zu dem Jungen auf der Anhöhe. Obwohl nur ein kurzer Moment vergangen ist, hat sich das Bild komplett gewandelt. Da ist eine ganze Herde Islandpferde. Zwanzig Stück, wenn nicht mehr. Der Junge reitet die windfarbene Stute ohne Sattel und Zaumzeug. Es sieht magisch aus. Als ob die ganze Herde ihn begleitet. Und keiner sieht sie außer mir, weil alle zu den Delfinen auf die andere Seite starren.

Sie bewegen sich neben uns, parallel zum Schiff. Erst im Schritt. Als wir Fahrt aufnehmen, traben sie. Die Stute geht ganz klar, keine Spur mehr von der Lahmheit. Sie wechseln die Gangart, und ich halte einen Augenblick den Atem an. Der Junge springt in vollem Galopp auf seine Schimmelstute und setzt sich mit ihr an die Spitze. Die Mähnen und üppigen Schweife der Tiere wehen hinter ihnen her.

Und dann dreht der Junge ab, und alle Pferde folgen ihm. Wollte er mir zeigen, dass es der Windfarbenen wieder gut geht? Die Überraschung ist ihm gelungen. Ich freue mich riesig.

Die traurige Stute mit den schwarzen Strümpfen bleibt einen Moment zurück und sieht zum Schiff herab. Ljósadís. Die bezaubernde Nordlichterfee. Jetzt bin ich mir sicher, dass sie es ist. Sie wiehert. Ich bilde mir ein, dass ihr Ruf nur mir gilt, und mein Herz gerät einen Moment lang aus dem Takt. Sie ist so wunderschön. Ich frage mich, ob Gunnar weiß, dass der Junge anscheinend einen Draht zu ihr hat. Das wäre doch ein gutes Zeichen … ein Anfang.

Sie verschwinden hinter einer Anhöhe.

Ich habe Gänsehaut.

Weg ist er.

Und mit ihm die einzige Gruppe Delfine, die wir an diesem Tag zu sehen bekommen. Vielstimmige Rufe des Bedauerns reißen mich aus meiner Trance. Ich kämpfe mich gegen den Strom durch das Gewusel der gepolsterten Blaumänner, die zurück ins Warme wollen.

Wo steckt Mom? Da kommt sie mir bereits strahlend mit ausgebreiteten Armen entgegen. »Hast du die Delfine gesehen? Das waren Weißschnauzendelfine, glaube ich. Wahnsinn. Ich habe nur leider mein Handy nicht schnell genug aus dem Rucksack bekommen. Zu schade, dass sie so gleich wieder fort waren. Hast du Bilder gemacht?«

Ich schüttele den Kopf. »Leider nicht. Ich war viel zu überrascht und zu fasziniert von dem Anblick«, sage ich. Und das ist die Wahrheit. Auch wenn ich nicht von den Meeressäugern spreche, die zeitgleich mit dem Jungen aufgetaucht und wieder verschwunden sind.

»Mom?« Vielleicht kann ich irgendwie helfen? Etwas in mir hofft auf ein Wiedersehen. Mit dem Jungen? Oder mit Ljósadís? Ich weiß es nicht. Und das beunruhigt mich. Ziemlich.

»Ja, Schatz?«

Ich schüttele den Kopf. Ich weiß nicht, was ich ihr sagen soll. Ich muss nachdenken, was dieses Herzklopfen soll. »Nein, nichts. Alles gut.«

Von wegen.

Er wusste, dass er ein hohes Risiko einging. Die vom Hafen, aus der Stadt, sie durften ihn nicht zu Gesicht bekommen. Das konnte nach hinten losgehen, wenn es sich herumsprach. Er würde viel erklären müssen. Zu Hause vor allem. Warum er seine Arbeit im Stich gelassen hatte und am helllichten Tag fortgeritten war. Mit der ganzen Herde. Ein solcher Ungehorsam, so eine Regelüberschreitung wurde schwer bestraft, wenn es keinen vernünftigen Grund dafür gab. Kári fielen nur unvernünftige Gründe ein. Ein orange-blaues Halstuch zum Beispiel, mit Gitarren darauf, die nicht so aussahen, als ob man auf ihnen wirklich spielen könnte. Er kannte sich nicht gut aus mit den modernen Instrumenten, wie man sie in der Stadt kaufen konnte.

Sein Onkel hatte ihm einmal eine Flöte aus einem hohlen Schafsknochen geschnitzt. Er gab sie bald darauf an seine Freundin aus Kindertagen weiter. Bei Freyja klang das Spiel viel besser, melodischer.

Er hörte ihr gern zu, wenn sie Musik machte. Früher hatten sie oft zusammen bei den Schafen und den Pferden gesessen. Stundenlang. Aber sie kam immer seltener den Hang hinauf, war die letzten Male kratzbürstig und einsilbig gewesen. Es machte ihn traurig, weil er es sich nicht erklären konnte. Er vermisste ihre gemeinsame Zeit. Mutter lachte nur und meinte, er würde es schon noch begreifen, eines Tages, womit er sie verletzt hatte, ohne es zu wollen. Kári war sich keiner Schuld bewusst. Freyja war wie eine kleine Schwester für ihn. Das würde sie auch immer bleiben. Er hatte es ihr sogar gesagt, aber das hatte sie nur noch wütender gemacht.

Und jetzt war da dieses andere Mädchen, das nicht einmal seine Sprache verstand. Aber sie hörte die kleine Stute. Sie hatte Blika geholfen. Und sie hatte ihn wahrgenommen, ihn angefasst, ihn, Kári – den Pferdejungen, den alle ein bisschen sonderbar fanden – einfach so, als ob das ganz normal wäre. Sein ganzer Körper kribbelte, wenn er daran dachte. Wenn er an sie dachte. Er musste dann lächeln.

Das alles machte ihm Angst. Es verunsicherte ihn. Es machte ihn aber auch neugierig. Er musste herausfinden, ob es Wirklichkeit war. Oder doch nur ein Hirngespinst. Eine dumme Fantasie. Zufall. Sein Herz schlug schneller als sonst, wie immer, wenn er an sie dachte. Ihr Bild in seinem Kopf genügte, um ihn vollständig aus dem Gleichgewicht zu bringen. Wie sie Blikas Bein verband. Wie sie bei Ljósadís gesessen hatte. Wie erschrocken sie war, als sie ihn sah. Beide Male. Und dann ihre Hand plötzlich auf seinem Arm ... das Gefühl war ihm komplett fremd, er konnte es nicht in Worte fassen. Es war überraschend gewesen, schrecklich und doch faszinierend. Noch nie hatte ihn jemand angefasst – außerhalb der Familie. Er konnte das alles nicht einordnen. Es beunruhigte ihn immer mehr. Und er glaubte, dass es ihr genauso ging.

Großmutter Jorúnn brachte ihn nicht weiter. Die alte Kräuterfrau sprach in Rätseln und schwieg beharrlich auf seine Fragen. Er kannte es nicht, dass eine der Fremden, die zu Tausenden ins Eisland strömten, sich wirklich für eins der Pferde öffnete, und schon gar nicht für zwei. Eine Verbindung bekam, so wie er. Entweder sie war etwas Besonderes, oder er war es nicht. Denn die Pferde zu verstehen, das war ihm aufgetragen worden. Das war seine Gabe, seine Leidenschaft, seine Berufung. Gab es tatsächlich noch andere, die wie er mit ihnen reden konnten? Zur selben Zeit? Im selben Land? Was bedeutete das? Fühlte er sich deswegen so zu ihr hingezogen?

Jorúnn lächelte immer nur, rührte in ihren Töpfen und schwieg. Darum mussten die Pferde ihm helfen. Sie mussten es gemeinsam herausfinden. Hatte das fremde Mädchen das Herz der traurigen Stute berührt? Konnte sie ihr helfen? Mit ihm zusammen vielleicht? War das ihre Aufgabe? Gemeinsam? Er musste es herausfinden. Außerdem würde sie sich freuen zu sehen, dass es Blika wieder gut ging. Und er wollte ihr Lächeln wiedersehen, zwischen Grübchen, unter blaugrauen Augen und einem wogenden Rahmen aus blassgrünem Seegras.

»Bringt mich zu ihr«, flüsterte er Mánadís ins Ohr.

Sie ritten an der Winterweide des Hofs vorbei, und als er den Pferden zurief, wohin sie unterwegs waren, schlossen sich Ljósadís und ein paar andere wie selbstverständlich an. Er betete, dass die Abwesenheit so vieler Tiere bei Tageslicht unbemerkt blieb, bis sie zurück waren.

Erst meinte er, Mánadís hätte ihn missverstanden, als sie geradewegs auf die Klippen zuhielten. Aber dann sah er das Boot. Und Ljósadís sah es auch. Und wieherte. Kraftvoll und laut. Kári erschauerte. Dann musste er sich jetzt bemerkbar machen. Was auch immer daraus folgen würde.

Er griff in seine Jackentasche und zog den weichen Stoff heraus.

8. Keine Einhörner

Am Nachmittag stapfen wir gleich schon wieder zu Fuß durch frischen Tiefschnee. Nochmal Hafnarfjörður.

»Hier ist es langweilig«, versuche ich, Widerspruch einzulegen. Aber ich habe schlechte Karten.

»Du hast gesagt, du möchtest nach Souvenirs schauen und ein bisschen bummeln, damit du nicht schon wieder mit leeren Taschen nach Hause kommst.«

»Dann könnten wir doch lieber mit dem Bus nach Reykjavik fahren«, maule ich. »Dieses Dorf kennen wir schon auswendig.«

»Nein, wir haben lang noch nicht alles gesehen.« Mom marschiert stur weiter. Von wem ich meinen Dickschädel habe? Keine Ahnung!

»Ich will mir dieses Wikingerdörfchen gern von innen anschauen, und in die Buchhandlung möchte ich auch noch mal«, erklärt sie.

»Was willst du denn da?«, rufe ich angesäuert nach vorn und bemühe mich, in Moms Fußstapfen zu treten. Das macht die Lauferei auf den ungeräumten Wegen im Niemandsland weniger anstrengend.

»Da war so eine nette ältere Dame. Die wollte ich was fragen.« Mom bleibt kurz stehen und zwinkert mir verschwörerisch zu. Aber ich bohre nicht nach. Das Spielchen kenne ich zur Genüge. Dann soll sie es für sich behalten. Wir gehen weiter. Die einzige ältere Dame, an die ich mich erinnere, ist die Alte, die mich am Arm gepackt und vor der Rache der isländischen Feen gewarnt hat, weil ich ein wenig mit den Figürchen herumgespielt habe. »Alles Humbug«, murmele ich leise.

Mom kichert. Ist mir ganz egal, ob sie mich gehört hat.

Die urigen schwarz und schwedenrot gestrichenen Holzhäuschen gleich am Hafen, die zu dem kleinen Wikingermuseumsdorf gehören, haben geschlossen. Beinahe wäre ich dran vorbeigelaufen, weil sie sich so unauffällig ins Stadtbild schmiegen, obwohl sie ja an sich ziemlich auffällig sind mit ihren Drachengiebeln und den pagodenartigen Aufbauten.

Auf einem Zettel an der Tür steht, dass sie erst einen Tag nach unserer Abreise wieder aufmachen. *Typisch*. Ich verkneife mir einen Spruch. Moms Laune scheint bereits gelitten zu haben.

Wir pilgern dreimal außen herum (was insgesamt höchstens zehn Minuten dauert), drücken uns die Nasen an den kleinen Fensterscheiben platt und machen Erinnerungsfotos vor der ziemlich albernen Wikingerstatue auf einem Fass, an einem Walschädel, keltischen Symbolen und den kleinen dicken Steinfiguren, die mir schon besser gefallen.

Nebenan ist ein Wikingerhotel mit einem Shop. Aber Mom ist eingeschnappt, weil sie sich irgendwie mehr oder was anderes versprochen hat. Darum ziehen wir weiter. Downtown Hafnarfjörður!

Auf dem Weg zur Buchhandlung schleift mich Mom voll neuer Hoffnung in eine Kirche. Total modern, wieder nix. Sie tut mir fast schon leid. Aber sie war es ja, die mich in die Kälte hinausgeschubst hat!

»Was wollen wir eigentlich heute Abend machen?«, frage ich vorsichtig. Mom seufzt. »Bevor ich jetzt was sage, was dann auch wieder nicht klappt, lass uns erst in den Buchladen gehen, okay?«

»Wenn ich danach wieder so ein Riesentortenstück im Einkaufszentrum kriege?«

»Deal.« Wir grinsen uns an.

Meine Mutter reißt die Ladentür mit neuem Schwung auf. Und ich habe das Gefühl, in eine Zeitschleife gerutscht zu sein. Hinterm Ladentisch stehen dieselben zwei Frauen. Am Fenster sitzt wieder die Alte und liest. Meine Troll- und Elfenpüppchen stehen so im Regal, als hätte ich sie nie berührt. Und heute werde ich das auch nicht tun. Ich habe beschlossen, meine Strategie zu ändern, damit wir schneller hier rauskommen. Deswegen hefte ich mich an Moms Fersen. Ich werde sie keine Sekunde aus den Augen lassen.

Eine Weile pirschen wir also zusammen um die Regale herum, nehmen prüfend Kochlöffel mit keltischen Symbolen und Küchenhandtücher mit Islandpferden (ich sage nicht mehr Ponys!) in die Hand, drehen die Preisschilder um und erschrecken. »Dann vielleicht doch ein Klumpen Lava?«, frage ich scherzend und halte ein Plastikdöschen hoch, in dem ein einzelner Minibrocken klimpert.

»Lieber so eine Tasse. Die finde ich wirklich witzig!« Sie hält mir einen Keramikbecher hin mit dem Spruch »Which part in Eyjafjallajökull is it you don't understand?«.

»Das war der Vulkan, der vor ein paar Jahren den gesamten Flugverkehr in Europa für mehrere Tage lahmgelegt hat«, erklärt Mom, und ich hoffe, dass sie mir jetzt keinen Vortrag halten will.

»2010 war das«, mischt sich da auf einmal die alte Dame ein. Sie steht plötzlich direkt hinter uns. Genau wie beim letzten Mal! Wie kann sich jemand in dem Alter derart anschleichen?

»Oh! Sie sprechen Deutsch!«, ruft Mom glücklich.

Ich verdrehe die Augen und hoffe, dass nur sie es sieht. Bitte nicht! Aber meine Mutter ignoriert den Hilferuf ihrer einzigen Tochter mit zuckersüßem Lächeln.

Na bravo. Das kann dauern.

Ich pfeife auf die Gebühren und gehe mit dem Handy online, um mit meinen Freundinnen zu chatten. Der Stuhl am Fenster dürfte ja jetzt 'ne Weile frei sein.

»Ernsthaft?« Ich falle aus allen Wolken. Da lässt man seine Mutter nur mal zehn Minuten allein mit einer harmlosen alten Frau, und schon plant sie die bescheuertsten Sachen. »Einen *Elfen*spazier-gang?« Spazierengehen an sich finde ich ja schon unnötig genug. Das ergibt nur Sinn mit Hund oder Pferd dabei. Und Letzteres habe ich ja für mich gestrichen. Aber ausgerechnet Elfen als Pseudo-Ersatz sind so ziemlich das Letzte, was Laufen in der sub-polaren Kälte für mich verlockender machen würde.

»Es ist eher eine geführte Wanderung.« Die alte Dame steht neben meiner Mutter und überschüttet mich mit mildem Lächeln. Müsste das nicht andersherum sein? Gucken nicht die Erwachse-nen kleine Kinder so an, wenn die von unsichtbaren Freunden und dem Weihnachtsmann erzählen?

Ich kann es mir nicht verkneifen. »Und als Nächstes gehen wir Einhörner suchen?«, frage ich boshaft. Irgendwer muss ja hier die Bodenhaftung bewahren!

Anscheinend nimmt nur Mom das gefährliche Glitzern in meinen Augen wahr. *Vorsicht!*, mahnen ihre zusammengezogenen Augenbrauen. Aber ich trotze der dezenten Drohung mit verkniffenen Lippen.

»Einhörner haben sich meines Wissens noch nie nach Island verirrt«, antwortet die alte Dame amüsiert und durchbricht damit meine Barriere. Überraschungsschlag. »Die gehören zu einer anderen Mythologie. Aber vielleicht ist es ihnen bei uns auch einfach nur zu kalt?« Sie lächelt mich weiter an, während ihre kleinen, faltenumrahmten Augen mich belustigt abscannen. »Hast du Angst, dass deine Freundinnen dich auslachen?«, fragt sie ganz direkt.

Ich schüttele heftig den Kopf. Das ist ja das Schlimmste daran! Schon als ich Moms Elfenkarte abfotografiert und von den Lavahaufen überall in diesem Ort erzählt habe, waren Amy und Lara Feuer und Flamme. Die fahren total ab auf den Scheiß. Kinderkacke!

»Ich bin zu alt für …«

»… Reiten und Elfen«, beendet Mom meinen Satz mit einem aufgesetzten Seufzer und legt mir den Arm um die Schulter. Was die alte Dame nicht sehen kann, ist der Druck, mit dem sie mich dabei umklammert.

»Oh. Dann musst du älter sein als ich.« Sie schaut mich an. Ihre Augen sind blau. Hellblau. Wie ein Gletscher im Ozean. Nur viel wärmer. Sie lacht, als hätte sie meine Gedanken gelesen. »Wenn es dir zu Fuß zu mühsam ist, dann unternehmt doch einen Elfen-Ausritt. Die Pferde tragen euch auch durch hohen Schnee. Und glaub mir, Elin, das Versteckte Volk ist uns ähnlicher, als die meisten ahnen. Sie haben nichts mit Barbiepuppen und Walt Disneys Tinkerbell gemeinsam.«

Ich starre einfältig auf mein Handy. Das sind exakt meine Worte aus dem Chatverlauf mit Amy:

Barbie und Tinkerbell lassen grüßen. Ihr glaubt doch nicht ernsthaft, dass ich mir Lavahaufen als Trollbauten und Elfensiedlungen vorgaukeln lasse?

Unauffällig schalte ich mein Smartphone aus.

»Ach, komm schon, Elin«, versucht es Mom noch mal. »Wir können doch nicht wieder nach Hause fliegen, ohne uns wenigstens einmal näher mit dem Versteckten Volk auseinandergesetzt zu haben.« Sie breitet theatralisch die Arme aus. »Das hier ist *die* Elfenhochburg!«

»Die Buchhandlung, oder was?«, pampe ich zynisch.

»Nein. Ganz Hafnarfjörður«, erklärt die alte Dame. Sie lässt sich anscheinend durch gar nichts aus der Ruhe bringen. Und sie sieht immer noch nicht so aus, als würde sie mit uns scherzen. Von mir aus kann sie das alberne Touristengeplänkel echt lassen. Oder drehen die hier einen Werbespot für die nächste Saison?

»Wir haben die größte Elfendichte des Landes. Eine ganz schöne Herausforderung für den Straßenbau und die Neubauten im Industriegebiet.«

Ganz bestimmt! Unauffällig schiele ich zur Zimmerdecke und zwischen die Buchregale. Keine Kameras. Keine Ironie. Blanker Irrsinn.

»Ich denk drüber nach«, brumme ich. Was für ein Albtraum! Hier sind wirklich alle total bekloppt und kindisch. Das habe ich ja schon längst gelesen. Mehr als die Hälfte der Isländer ist derart abergläubisch, dass sie ihre Straßen völlig selbstverständlich in bizarrsten Winkeln um herumliegende Lavabrocken bauen: Weil da Elfen wohnen könnten! Mit dem Versteckten Volk wollen sie sich keinesfalls anlegen. Also wird in manchen Flüssen eben einfach nicht geangelt. Erwachsene Menschen fragen sogenannte Elfendolmetscher um Rat und schleppen auch mal Felsen von A nach B. Das verkaufen sie nicht nur den Touristen, das meinen die verdammt ernst.

Und es scheint auf meine Mutter abzufärben. Ich überlege, ob sie etwas anderes gegessen oder getrunken hat als ich. Tun die was ins Trinkwasser? Kann es am Schwefelgehalt der Luft liegen? Vielleicht ist Mom einfach anfälliger, und mich erwischt es morgen? Sollte ich in der Hotelküche nach einer Rolle Stanniol fragen und mir einen Aluhut basteln, zum Schutz gegen mütterliche Verschwörungen und kosmische Strahlung?

»Wir sind nur noch einen Tag hier, Süße.« Mom fängt an zu betteln. »Wir müssen uns *jetzt* entscheiden. Spaziergang oder Reiten? Noch kann ich meinen Ausritt morgen umbuchen!« Sie steht mit ausgebreiteten Armen da wie eine lebensgroße Waage und sieht mich herausfordernd an. »Ich hab was gut bei dir! Und du kriegst auch zwei Stück Kuchen!«

»Bestechung gilt nicht.« Ich brauche einen Augenblick, um klar denken zu können. Triff die Wahl zwischen Pest und Cholera, Mathe oder Physik, Kopfschmerz oder Kolik. Da durchzuckt mich ein Geistesblitz. Wenn ich jemandem auf dieser Insel zutraue, NICHT an diesen hirnverbrannten Gaga-Quatsch zu glauben, dann fällt mir tatsächlich immerhin einer ein.

»Gut«, sage ich. Und es ist mir bewusst, dass ich hoch pokere: »Wenn es so einen Ausritt bei Gunnar auf dem Hof gibt, okay. Aber nur dann.« Ich halte die Luft an.

Mom feixt, und ich weiß, dass ich verloren habe.

»Gunnar Eriksson?!«, fragt die alte Dame prompt.

Ich nicke geschlagen, noch bevor sie es ausspricht:

»Oh, das ist mein Neffe. Er bittet mich manchmal, mit seinen Pferden zu sprechen. Natürlich macht er das für euch, Schätzchen. Sonst enterbe ich ihn.« Sie zwinkert mir vergnügt zu.

»Yippieh!« Mom bedankt sich überschwänglich bei der Seniorin und drückt ihre schrumpeligen Hände. »Dann können wir ja jetzt nach Souvenirs schauen.«

Mir ist die Lust auf Mitbringsel vergangen. »Ich komme gleich«, maule ich, während die beiden Einzelheiten besprechen. Wusste ich's doch. Die sind alle miteinander verwandt hier oben. Ich verkrümele mich in eine Ecke, um von meinen Mädels zu Hause Trost und Beistand wegen der neuesten Entwicklungen einzufordern. Meine Bedenken unterstreiche ich mit Fotos von albernen Plastikelfen und Gummitrollen. Aber Amy und Mara reiten auf derselben Welle:

ra.Ma: *Total cool! (Daumen hoch)*

amy_12: *(Wow-Emoticon) Na endlich*

ra.Ma: *Hab mich eh gefragt, wann du endlich wieder reitest*

amy_12: *Elin ohne Pferd ist nur die Hälfte wert (Küsschensmiley)*

Genervt verfrachte ich mein Handy in die Anoraktasche und ziehe den Reißverschluss zu. Ich würde meiner Mutter glatt zutrauen, dass sie die beiden bestochen hat. Ein abgekartetes Spiel, von vorn bis hinten. Verschwörungen sind nicht länger Theorien – sie sind meine Realität.

Aber: Ich werde Ljósadís wiedersehen. Mein eigenes kleines pferdisches Nordlicht mit Silbermähne und Schweif.

Mein Herz macht, ohne mich zu fragen, einen zügellosen Hüpfer.

Diese Insel stellt etwas mit mir an. Ich verliere heimlich, still und leise die Kontrolle über alles Mögliche – und Unmögliche.

Widerstandslos lasse ich mir zum Abschied sogar Flyer über geführte Elfenspaziergänge und anderen Blödsinn in die Hand drücken.

Ljósadís.

Der Gedanke an die kleine traurige Stute fühlt sich erschreckend … gut … an.

Irgendwas gibt es da zu tun für mich. Kann das sein?

Mir ist mulmig. In meinem Magen flattert etwas herum, das ich nicht einschätzen kann. Meine Hände sind feucht. Mein Herz klopft. Aber wenn ich die Augen schließe, spüre ich wieder ihren warmen duftenden Atem auf meiner Wange, ihre kitzelnden Tasthaare. Und ich muss lächeln. Das ist doch bescheuert, oder?

Oder nicht?

Ljósadís.

Ljósadís stand auf der falschen Seite vom Zaun. Jemand hatte das Gatter zur Winterweide in ihrer Abwesenheit so fest verriegelt, dass Kári es nicht aufbekam. Seine Finger waren bereits blau gefroren, aber er

kämpfte weiter mit den Knoten des Stricks und dem Riegel. Er musste es schaffen, sonst würde das den Ärger seines Lebens bedeuten. »Wartet. Ich hole nur schnell warmes Wasser. Vielleicht bekomme ich es damit auf. Wir kriegen den Haken schon frei und die Stricke erst recht.« Er huschte gebückt zur beheizten Tränke.

Ljósadís hielt souverän die Gruppe aus fünf Isländern zusammen, die unruhig am Zaun auf und ab stampften. Sie wollten an ihr Heu, und sie hatten Durst.

Schritte näherten sich.

Eine dick eingemummelte Frau mit zwei Kapuzen übereinander begann loszuschreien, als sie die ausgesperrten Pferde entdeckte. »Was macht ihr denn hier draußen? Ich glaube, es hackt! Ljósadís. Das war ja klar. Na warte!«

Sie hob einen Stein auf, schlug damit einmal schräg von unten gegen das Gatter, und der Riegel sprang auf.

Die Knoten waren gar nicht das Problem gewesen. Kári ärgerte sich über sich selbst.

Die Frau gab dem Tor einen Fußtritt, und es schwang auf, genau auf die davor drängelnden Pferde zu. Die Tiere sprengten panisch auseinander. Kári ließ den Eimer fallen und rannte. Er sah, wie die kleine Stute vor der wütenden Frau wegscheute. Sie hatte eine Peitsche in der Hand und versuchte, die Tiere damit auf die Weide zurückzutreiben. Kári sah die Angst in Ljósadís' Augen. Sie rutschte auf einer Eisfläche weg. Die anderen Pferde versuchten, ihr auszuweichen, doch der Graben war im Weg. Notgedrungen flüchteten sie nach vorn und stürmten in dem Engpass des Gatters sehr dicht an der Frau vorbei. Sie rettete sich mit einem Satz rückwärts und landete dabei auf dem Rücken in einer Schneewehe. Anscheinend hatte sie sich wehgetan und gab

126

nun Ljósadís dafür die Schuld. Kári trennten nur noch wenige Meter von der kleinen Stute. Er hörte die Peitsche knallen und sah, wie sie gleich auf Ljósadís niedersausen würde.

Er sprang dazwischen. Es war ihm egal, ob er den Hieb abbekommen würde oder was dann geschehen würde. Er schloss die Augen. Aber er hatte nicht mit der grauen Stute gerechnet. Sie schrie auf, und einen Wimpernschlag später sah Kári, dass sie sich mit gebleckten Zähnen zwischen ihn und die Frau drängte. Dann wirbelte sie herum und keilte drohend mit den Hinterhufen in die Luft.

Der erste Tritt ging ins Leere, und die Frau sah nicht so aus, als ob sie es darauf ankommen lassen wollte, wie zielsicher Ljósadís war. »Du gefährliches Biest!«, fluchte sie. »Na, warte. Damit kommst du nicht durch. Das wird ein Nachspiel haben. Ich sitze am längeren Hebel.« Damit knallte sie das Tor zu und eilte davon. Sie ging direkt an Kári vorüber, als ob er für sie Luft wäre. Das war er gewohnt. Aber was er gesehen hatte, ließ ihn in ohnmächtiger Wut die Fäuste ballen.

Die Stute war stehen geblieben. Sie schnaufte schwer und blies dampfenden Atem geräuschvoll in die einsetzende Dämmerung.

Kári gab ihr einen Moment Zeit, bevor er sich ihr langsam näherte. »Es tut mir so leid. Geht es dir gut, meine Schöne?«

Sie senkte den Kopf und rieb ihr Gesicht an seiner zitternden Hand. Aber ihre Nüstern waren immer noch gebläht. Und Kári entdeckte Striemen auf ihrer Kruppe. Die Peitsche hatte sie doch getroffen. »Es tut mir so leid«, wiederholte Kári und wischte sich mit dem Handrücken eine Träne ab, die heiß über seine Wange lief. »Ich passe in Zukunft besser auf dich auf. Ich verspreche es. Morgen komme ich wieder. Halte durch. Wir finden einen Weg.«

9. Schneeblind

Als wir am nächsten Morgen wieder im Shuttlebus zum Pferdehof sitzen, überkommen mich erneut Zweifel. Alberne Gedanken streifen durch die Wüste meines Hirns. Ob ich Sahara untreu werde, wenn ich mich auf ein anderes Pferd setze? Würde sie es verstehen? Oder würde sie sich beleidigt von mir abwenden ...?

Die Landschaft fliegt an mir vorbei. Natürlich ist es umgekehrt. Ich weiß das. In Wirklichkeit ist immer alles eine Frage der Perspektive. Ich werde das absurde Gefühl nicht los, dass mich dieses Pferd irgendwie braucht.

Vielleicht ist es totaler Quatsch, das anzunehmen. Absoluter Blödsinn. Aber vielleicht kann ich ja doch etwas für die traurige Stute tun? Vielleicht sogar an Ljósadís irgendetwas wiedergutmachen, was ich bei Sahara nicht konnte?

Außerdem stehe ich bei der kleinen Grauen in der Schuld. Ich glaube, die kleine Lichtgöttin hat mich in mehrfacher Hinsicht gerettet, neulich da draußen im Sturm. Auch wenn ich nicht richtig in Worte fassen kann, was da zwischen uns passiert ist.

Womöglich ist es also in Wirklichkeit genau umgekehrt, und ich brauche sie? Brauchen wir einander? Die Nordlichterfee und ich?

Damit wäre Sahara sicher einverstanden.

Ich suche mit den Augen den Horizont ab, die Weiden links und rechts der Schotterpiste, die uns immer näher an Gunnars

Reiterhof bringt. Aber ich kann die Stute mit den vier schwarzen Strümpfen nirgends entdecken.

Mom beobachtet mich. Ich merke es, erst kurz bevor wir aussteigen. »Wie geht's dir?«, fragt sie besorgt.

»Gut«, antworte ich. Und ich nehme an, das stimmt. Der Kleinbus hält. Ich ziehe die Tür auf und sehe mich automatisch nach vertrauten Gesichtern um und nach einer ganz bestimmten Fellfarbe.

»Elin, wenn du nicht möchtest, dann …« Mom klettert mir hinterher. Sie bricht ab.

Glaubt sie mir nicht? Hat sie ein schlechtes Gewissen, mich nach dem letzten Fiasko noch einmal hierhergenötigt zu haben?

Ich muss grinsen. Der ganze Aufriss, mich bis ans Ende der Welt zu schleifen und auf ein Pferd zu setzen – und dann verlässt meine Mutter buchstäblich auf den letzten Metern der Mut?!

»Wir ziehen das jetzt durch«, antworte ich und schneide ihr eine entschlossene Grimasse.

Am Parkplatz erwarten uns zwei junge Frauen. Unbekannte Gesichter. Eins umrahmt von einer dicken Ringelmütze mit Ohrlappen, das andere halb unter einer doppelten Kapuze verborgen. Automatisch halte ich nach Sophie, Theres und Gunnar Ausschau. Und ein bisschen nach noch jemand anderem. Obwohl ich weiß, dass er nicht hierhergehört. Aber beide Gedanken wische ich gleich wieder weg.

Wir stiefeln über den Hof und folgen dem kleinen Grüppchen zum Stall. Es ist ein komisches Gefühl, das alles schon zu kennen und doch fremd zu sein. Ich war noch nie fremd auf einem Pferdehof. Ich habe immer dazugehört.

Zumindest ist das Gefühl, »neu« zu sein, so lange her, dass ich mich nicht mehr erinnere.

Brav hören wir uns von der Ringelmütze alle Verhaltensregeln und Abläufe noch einmal an, lassen uns zur Umkleide geleiten und schlüpfen in den – gefühlt – tausendsten Winteroverall auf dieser Reise. Unsere Wertsachen verschließen wir wieder im Spind, und dann geht es zurück nach draußen.

Das Wetter meint es besser mit uns als beim vorigen Mal. Es ist bedeckt und ziemlich windig, aber es schneit nicht.

Eine der Frauen meint, das könne sich schnell ändern. Mit Optimismus hat sie es wohl nicht so.

Wir sind vier Teilnehmerinnen. Ich bin ehrlich erstaunt, dass es noch andere gibt, die sich diesen Elfenwahnsinn freiwillig reinziehen wollen, und frage mich, ob womöglich einfach keine andere Tour mehr frei war. Dann fällt mir ein, dass Gunnar den Ausritt quasi exklusiv für uns kurzfristig aus dem Boden gestampft hat. Die beiden müssen also sofort zugegriffen haben, als sie davon Wind bekommen haben. Es klingt auch so, zumindest bedankt sich eine von ihnen ganz überschwänglich bei Mom, während wir über den festgetretenen Schnee stapfen. Sie sei ja »sssooooo happy!«, dass sie mitdürften auf diese »very special private tour«. Es sind Amerikanerinnen, etwas älter als Mom, schätze ich. Die glauben ja alles. Ich grinse in mich hinein, als eine der beiden noch mal ganz schnell zur Toilette möchte, sobald wir uns den Pferden nähern, und ihre Freundin gleich hinterherflitzt. Mom schneidet mir eine Grimasse, und wir lächeln uns zu.

Dabei ist mir selbst ein wenig zitterig um die Knie, seit wir unsere Ausrüstung an- und die Helme aufhaben. Seit anderthalb

Jahren habe ich nicht mehr auf einem Pferd gesessen. Hauptsache, ich breche nicht spontan in Tränen aus, wenn es so weit ist.

Ich schlucke und atme tief durch. Keine trüben Gedanken jetzt! Holen wir uns ein ordentliches Pfund Muskelkater! Tschacka!

Da sehe ich sie.

Ljósadís steht ein wenig abseits mit drei anderen Pferden in einem Paddock neben der Halle. Es fühlt sich gut an, sie wiederzusehen. Es macht mich … na ja, glücklich wäre zu viel gesagt, aber … irgendwie habe ich Brummkreisel im Bauch.

Bis die Amerikanerinnen aus den Waschräumen zurück sind, wird es sicher noch etwas dauern: Overall aus und wieder an und dazwischen die eigenen Klamottenschichten – das braucht Zeit. Ich muss an die Kindergeburtstagspartyspielchen von früher denken: mit Winterklamotten, Gabel und Messer eine zum Päckchen verschnürte Tafel Schokolade plündern, bevor der nächste eine Sechs würfelt. Satt geworden ist man da nie.

Ein paar Minuten habe ich also.

Mom grabbelt bereits einem der in einer langen Reihe angebundenen gesattelten Pferde in der Mähne herum und quetscht unsere Tourbegleiter über den Winter in Island aus.

Ich schleiche über den schneebedeckten Hof und rufe Ljósadís leise beim Namen. Vom Frühstücksbüfett habe ich zwei Möhrchen und einen halben Apfel abgezweigt. Ich winke damit. Doch sie zeigt keine Reaktion. Steht mit gesenktem Kopf und abgeknicktem Hinterbein einfach nur unbeweglich herum und starrt vor sich hin. Sie döst nicht. Das sieht nur auf den ersten Blick so aus. Sie parkt da wie abgeschaltet. »Hey, kleine Nordlichterfee! Was ist los mit dir?« Die Brummkreisel in meiner Magengrube haben ausgekreiselt.

Neugierig schaue ich mir die übrigen Pferde genauer an. Eins hat eine Fleischwunde über der Kruppe. Ein anderes lahmt ganz offensichtlich stark. Das dritte ist so eingefallen und mager, dass die Hüfthöcker aussehen wie bei einer alten Kuh. Fehlt nur noch ein Rotes Kreuz am Tor, dann wäre das hier eine offizielle Krankenstation. Ich erinnere mich an die Drohung mit dem Viehmarkt und hoffe, dass es hierbei wirklich nur um Pflege und Aufpäppeln geht. Aber was hat die kleine Graue hier verloren?

»Ljósadís«, versuche ich es leise noch einmal. Ist das wirklich dasselbe Pferd wie vorgestern? Was ist inzwischen nur passiert? Das Licht in ihren Augen kommt mir vor wie das erste, schale Nordlicht, das wir gesehen haben. Grau und verwaschen. Wo ist der funkelnde Glanz geblieben?

»Elin?« Mom späht um die Ecke und winkt mir zu. »Es geht los.« Ich verabschiede mich zögernd von der traurigen kleinen Lichtfee und verspreche, wieder zu kommen.

Die Tourführerin mit den beiden Kapuzen übereinander fragt routiniert nach unserer Reiterfahrung. Sie dirigiert uns in den Windschatten der Reithalle, wo nun noch fünf zottelige Pferdchen angebunden stehen und dem Wetter trotzen. Die anderen reiten gerade mit einer weiteren Gruppe im Gänsemarsch vom Hof.

Ich zögere einen Moment. Wenn ich zugebe, dass ich ziemlich eingerostet bin, wird sie mich auf ein Anfängerpferdchen setzen. Entweder ein braves altes Mädchen oder ein total verrittenes Exemplar, das gelernt hat, sich gegen alle möglichen Einwirkungen abzuschotten, dichtzumachen und dann stumpf den anderen hinterherzutrotten oder bei passender Gelegenheit umzukehren –

egal, ob der Reiter mitkommt oder nicht. Kurz bin ich versucht, es drauf ankommen zu lassen.

Aber ich habe ein Ziel. »Ich möchte bitte Ljósadís«.

Das Mädchen sieht mich verblüfft an und hält auf Isländisch Rücksprache mit der zweiten Betreuerin. Die mustert mich kurz, aber gründlich und antwortet: »Die kannst du nicht reiten. Sie ist kein Tourpferd für Touristen.«

»Aber ich …« Hilfesuchend wende ich mich an Mom. Die Arme hat natürlich keine Ahnung, worum es geht. Aber sie ist meine Mutter. »Kann man da denn keine Ausnahme machen? Elin ist eine wirklich einfühlsame und wunderbare Reiterin. Zu Hause in Deutschland –«

Die resolute Ringelmütze unterbricht. »Das kann alles sein. Aber hier haben wir die Verantwortung. Es geht nicht. Das Pferd steht nicht zur Verfügung, okay?« Sie sieht mich an. »Ich habe ein anderes, ein *gutes* Pferd für dich.« Sie klopft einem der wartenden Isländer herzhaft auf die Kruppe.

Die Art, wie sie es sagt, reizt mich zu Widerspruch. »Ljósadís ist *auch* ein gutes Pferd.«

Sie zuckt mit den Schultern.

»Wenn du meinst. Gunnar hat gesagt, sie bleibt bis auf Weiteres drin. Er will nicht, dass wieder was passiert. Alle warten auf dich. Komm jetzt.«

»Was ist denn passiert?«, bohre ich nach. *Alle* sind vermutlich die beiden Amerikanerinnen, die grade eintrudeln, und auf die mussten wir ja auch bis eben warten.

Die Erste mischt sich wieder ein. »Ljósadís ist auch gar nicht fertig gemacht.«

»Das kann ich doch tun!« Ich sehe zwischen den beiden hin und her. »Ihr müsst mir nur zeigen, wo ich Putzzeug und Sattel finde.«

Energisches Köpfeschütteln bei Ringelmütze und Doppelkapuze.

Mom legt mir den Arm um die Schulter. Sie weiß, wie sehr ich es hasse, einfach auf ein von anderen Leuten fertig getrenstes und gesatteltes Pferd zu steigen. Wie soll man da eine Beziehung aufbauen? »Hilfst du mir bei meinen Steigbügeln?«

Ich ignoriere ihr Manöver. »Gleich, Mom.«

Ich frage die andere noch mal, was passiert ist. Die beiden diskutieren, und ich werde wieder abgewürgt. »Das kannst du nachher den Chef selbst fragen.«

Ich gebe auf. Vorerst. »Welches soll ich nehmen?«

Die Frau mit der Ringelmütze zeigt auf einen dunkelbraunen Wallach. »Álfatrú für dich und Galdradís für deine Mutter.«

»Was bedeuten die Namen?«, möchte ich wissen.

»Du reitest ›An Elfen glauben‹, und das hier …« Sie zeigt auf Moms Scheckstute »… ist die ›Zauberfee‹.«

»Kein Scherz, oder?« Ich verziehe gequält das Gesicht. »Wie passend.«

Meine Mutter will sich ausschütten vor Lachen.

Der isländische Inbegriff von »An Elfen glauben« ist also ein kleiner dunkler Wallach. Ich nehme mir die Zeit, Álfatrú ausgiebig zu begrüßen und zu streicheln, bevor ich den Strick löse. Wir folgen den anderen in das kleine Paddock, wo wir aufsitzen und unter der Aufsicht von Frau Ringelmütze, die sich endlich als Birta vorstellt, ein paar Proberunden drehen sollen. Unsicher stolpert mein Álfatrú hinter mir her.

»Das kann ja was werden mit uns beiden«, sage ich leise und kraule ihn unter seiner dicken Stirnlocke. Der Wind hat zugenommen. Ich schaue nach oben und kneife geblendet die Augen zusammen. Über den hellgrauen Himmel jagen Wolken. »Was meinst du? Fliegen die Elfen tief bei so einem Wetter? Du musst es doch wissen, oder?«

Ich warte, bis die Frau mit den zwei Kapuzen bei mir ist, um gegenzuhalten. Sie hängt sich an den rechten Steigbügelriemen, und ich schwinge mich in den Sattel – oder was man so Schwingen nennt, wenn man ausgestopft ist wie ein wattiertes Michelinmännchen.

Wow.

Ich sitze also wieder auf einem Pferd. Komisch fühlt sich das an. Ungewohnt. Fremd. Die Proportionen sind ganz anders. Meine Arme und Beine kommen mir zu lang vor, meine Hüfte zu breit, mein Oberkörper zu groß. Ich muss mich erst sortieren und habe das Gefühl, ich erdrücke das kleine Pferd, das bereits tapfer unter mir lostrippelt. Alles ist ungewohnt.

Einfach alles.

Ich bemühe mich, locker zu bleiben, mich tragen zu lassen oder dem Pferd zumindest nicht im Weg zu sein bei seinen Bewegungen. Isländer sind weit schwerere Gewichte als mich gewohnt, und ich kann mich zumindest gut ausbalancieren. Unwillkürlich fällt mein Blick auf eine der Amerikanerinnen, die auf ihrem Pferd hängt wie ein falsch platzierter Sack Mehl. Zumindest reißt sie dem armen Tier nicht im Maul, das tapfer versucht, seinen Schwerpunkt zu finden.

»Sigrún!« Der Ruf hallt über den Hof, und Doppelkapuze setzt sich flott in Bewegung. Gunnar steht am Halleneingang im Türrahmen und sieht zu uns herüber. Er nickt mir zu, und ich nehme die Zügel in eine Hand und winke kurz.

Mein Körper erinnert sich. Ich nehme langsam die Zügel auf und finde einen Platz am Pferdebauch für meine Waden. Einen Moment lang schließe ich die Augen. Das Knirschen des Sattels, der Geruch von Leder, Pferdemist und Schnee – wie habe ich das vermisst.

Sahara.

Schnell schaue ich wieder geradeaus, suche mir einen Fixpunkt zwischen den Pferdeohren, um mich nicht zu verlieren. Álfatrú geht immer noch irgendwie holprig. Vielleicht der Boden? Oder sitze ich zu verspannt? Aber er fühlt sich nicht hart an im Rücken. Ich nehme die Zügel etwas an, um ihm Halt zu geben. Einen Moment lang meine ich, es ginge besser. Der Wallach fängt an zu kauen. Ich spüre es weich in meinen Händen. Wir haben Kontakt. Aber dann rumpelt er beinahe in den breiten gescheckten Hintern von Moms Pferd direkt vor uns.

»Eine Pferdelänge Abstand«, mahnt Birta sofort und rückt ihre Ringelmütze zurecht.

Gunnar und Sigrún sind verschwunden.

»Kann es sein, dass Álfatrú nicht richtig sehen kann?«, frage ich.

Birta lacht. »Das hab ich ja noch nie gehört als Entschuldigung fürs Aufreiten. Lustig!« Sie streckt mir ihren gereckten Daumen im Fäustling entgegen. »Nimm die Zügel mehr auf. Dann kann er sich besser tragen und du besser bremsen.«

»Witzig«, brummele ich in meinen Schal. Daran liegt es ja nun definitiv nicht. Mom reitet neben mich. »Probleme?«

Álfatrú legt die Ohren an und zickt zu Galdradís hinüber, die beleidigt den Kopf wegdreht.

»Nein, ich komme klar«, behaupte ich und versuche weiter, mich einzuspüren. Was braucht dieses Pferdchen von mir? Wie kann ich ihm die nächsten zwei, drei Stunden möglichst angenehm gestalten?

»Hintereinander bitte«, pampt Birta und öffnet das Gatter. Sigrún, die mit den zwei Kapuzen übereinander, erwartet uns zu Pferd am Ausgang. Für den Bruchteil einer Sekunde freue ich mich, dass offenbar sie uns begleiten wird und nicht die pampige Birta.

Dann erstarre ich.

Wenn sie mir direkt in die Magengrube geboxt hätte, könnte ich mich nicht übler fühlen.

Was soll das denn jetzt?

Sie reitet Ljósadís.

Ich fasse es nicht!

Mit Sporen. Dafür war Zeit?

Als sie meinen versteinerten Blick sieht, weicht sie aus. Aber ich habe den Funken Genugtuung gesehen, bevor sie sich abgewendet hat und im typischen Reiseführersingsang zur ganzen Gruppe spricht. »Hallo. Ich bin Sigrún und leite diesen Ausritt. Wir wollen uns heute gemeinsam auf die Spuren der Elfen heften, und unterwegs erzähle ich euch etwas über ihre Vorlieben, ihr Leben und warum man sie besser nicht reizen sollte.« Dabei sieht sie mich schräg von der Seite an.

Als ob *du* eine Elfe wärst, Schätzchen. Pass besser auf, dass du *mich* nicht reizt!

Mom bekommt unseren stummen Streit mit. Sie schenkt mir einen dieser Elin-bitte-beherrsch-dich-du-Pubertier-Blicke. Aber dafür mag ich nicht garantieren.

Wir trippeln in einer Reihe vom Hof. Ljósadís geht vorn an der Spitze, und ich habe die Amerikanerinnen vor mir. Darum verliere ich sie sofort aus dem Blickfeld.

Álfatrú gibt sein Bestes. Aber er bleibt unsicher. Als die Sturmwolken sich auftun und kurz die Sonne freigeben, wird seine Balance noch schlechter. Er stokelt und tastet sich vorwärts, statt auszuschreiten wie die anderen. Das ganze Pferd ist bretthart.

»Du hast eben doch Probleme mit den Augen, mein Großer, stimmt's?« Ich lehne mich leicht nach vorn und streiche dem Wallach sanft über den Hals. »Ich weiß, dass ich für dich fremd bin. Aber du kannst mir vertrauen. Ich habe Augen für uns beide.«

Ich hoffe so, dass er mich versteht. Vielleicht bilde ich es mir nur ein, aber ich habe das Gefühl, dass er etwas weicher wird. Vielleicht liegt es auch nur daran, dass ich mich zunehmend entspanne. Mit jeder Pferdelänge, die wir zurücklegen, kommt mir der Rhythmus seiner vier Hufe, die liegenden Achten, die sein ungelenk schwingender Rücken mit meiner Hüfte malt, vertrauter vor.

Noch bevor es richtig hell war, drückte Kári sich bereits wieder in der Nähe des Hofes herum. Seine Schimmelstute hatte er zu den anderen Isländern auf die Winterweide gebracht. Ein Pferd mehr oder weniger fiel nicht auf in der weiten Ebene, und es sah auch heute wieder nach Sturm aus. Er wusste nicht, wie er seine Anwesenheit zu Hause hätte

erklären sollen, wenn sie ihn erwischten, wie er hier herumschlich. Also hielt er sich versteckt, duckte sich, wenn er einen Menschen sah, und hielt Ausschau nach der grauen Stute mit der schmalen Blesse.

Auf dem Hof herrschte geschäftiges Treiben. Trotz der frühen Stunde und des aufkommenden Unwetters, vielleicht auch gerade deswegen. Kári entnahm den Gesprächen, dass sie Touristen erwarteten, und sie wollten die Tour keinesfalls absagen.

Er würde es nie verstehen.

Ljósadís fand er im kleinsten der Paddocks, bei den Alten und Kranken, windgeschützt neben der Reithalle. Das mochte gut sein. Sie brauchte Zeit, Schutz und Verständnis. Aber was es bedeuten konnte, wenn dieser Wechsel auf Wut und Lügen basierte, war nicht gut. Gar nicht gut.

Kári konnte die Seele der Stute weinen hören, noch bevor er nah genug war, um ihren starren Blick zu sehen. Sie hatte sich in sich selbst zurückgezogen. Sie war an einen geheimen inneren Ort gegangen, wo sie von ihrem Fohlen träumte und von Hochlandwiesen in einem end-losen Sommer. Kári wollte grade unter dem Zaun durchtauchen, um zu versuchen, sie behutsam zu wecken, von dort zurückzuholen, da sah er das Mädchen. Wieder das fremde Mädchen. Er versteckte sich und beobachtete mit klopfendem Herzen, wie sie Ljósadís erfühlte. Bedäch-tig. Unsicher. Und ebenso erschrocken wie er selbst über das, was sie sah.

Ihre Körpersprache war so einfach zu lesen. Vielleicht hatte Jorúnn recht, und das Fremdsein wurde nur von außen weitergegeben. Wichtig war, was innen wirkte. Und da war sie wie er. Das wusste er jetzt. Auch wenn sie noch viel lernen musste.

Es blieb ihm nichts anderes übrig, als ihnen hinterherzuschauen, nachdem die Frau, die sie Sigrún nannten, Ljósadís hinter sich her aus dem Paddock gezerrt hatte. Er fühlte sich schuldig deswegen, aber Ljósadís stupste ihn nur an, so als wollte sie ihn trösten und nicht umgekehrt. Immerhin gelang es ihm, unbemerkt den Sattel zu korrigieren, während Sigrún noch einmal ins Haus zurückging. Sie hatte den Baum viel zu weit vorn positioniert und den Sattelgurt auf Anhieb festgezogen. Kári lockerte die Strippen so weit, dass sie es hoffentlich nicht sofort bemerken und erneut ändern würde. Auf diese Weise verschaffte es der kleinen Stute wenigstens für ein paar Augenblicke Linderung. »Hab Vertrauen«, flüsterte er ihr ins Ohr. »Das Mädchen wird sich kümmern. Bleib an deinem sicheren Rückzugsort, bis sie dir ein Zeichen gibt. Ich bin in eurer Nähe.«

Die Frau, Sigrún, sie mochte das Mädchen nicht. Er spürte es deutlich. Und warum auch immer – sie hasste Ljósadís. Das nahm er ebenfalls deutlich wahr. Er hatte es erlebt, und er hatte gehört, wie sie mit Birta gestritten hatte. Darüber, wie sie mit Ljósadís umging und warum sie bei diesem Wetter ausgerechnet Álfatrú in den Schnee hinausschickte. Diesen Machtkampf hatte Sigrún gewonnen. Nun lag es an dem Mädchen, wer die nächste Runde für sich entschied. Und für die Pferde.

10. Bissige Stuten

Nach ein paar Hundert Metern halten wir das erste Mal. Sigrún öffnet ein Gatter, das den Weg vor uns versperrt, winkt uns durch und schließt es hinter uns wieder. Erst jetzt bemerke ich, dass Bírta doch mit dabei ist. Sie bildet das Schlusslicht unserer Gruppe.

Sigrún winkt uns dichter heran und gibt uns Zeichen, uns im Halbkreis um sie aufzustellen, damit wir sie besser hören können. Sie zeigt auf einen Felsen auf der Weide hinter sich und fängt in lupenreinem Englisch an zu reden. »Diese Wiese gehört unserem Nachbarn Jökull, und ich darf seine Geschichte erzählen.«

Ich kann ihr leider nicht wirklich gut folgen, denn meine Hauptaufmerksamkeit gilt Álfatrú – und Ljósadís. Sie sieht kreuzunglücklich aus, wehrt sich heftig kauend gegen die Zügel und tänzelt unruhig herum.

»Pass auf«, platze ich in ihren Vortrag. »Die anderen Pferde sind ihr zu nah!« Ich habe eine ziemlich klare Vorahnung davon, was gleich geschehen wird, wenn sie die Stute nicht ein bisschen weiter weglenkt von der Amerikanerin und ihrem Pony.

Doch da passiert es auch schon. Das Pferd legt die Ohren an. Ljósadís reagiert auf die Drohgebärde. Sie versucht, rückwärts auszuweichen. Warum lässt Sigrún das nicht zu? Hat sie das etwa nicht gesehen? Statt nachzugeben, drückt Sigrún kräftig die Beine zu. Sie treibt die Stute noch weiter nach vorn. Die Ohren des anderen Ponys liegen jetzt so flach an seinem Kopf an, dass sie unter der dicken Mähne nicht mehr zu sehen sind. Es bleckt die Zähne, dreht Ljósadís warnend die Hinterhand zu. Jetzt wird es jeden Moment zutreten. Ljósadís steigt, um dem Druck von Sigrúns Sporen zu entkommen. Wohin soll sie denn auch? Die anderen Isländer werden jetzt ebenfalls unruhig, fangen an zu tänzeln, wollen der drohenden Keilerei ausweichen. Álfatrú wird im Gedränge angerempelt. Wie kommen wir hier raus? Ich suche einen Weg aus der Schusslinie, so gut und so schnell ich kann.

Der Hinterhuf vom Wallach der zweiten Amerikanerin fliegt knapp an uns vorbei, aber auf der anderen Seite steht Moms Pferd im Weg. Galdradís findet keinen Platz für ihre Hufe. Sie versucht, auszuweichen, und streift Álfatrú dabei irgendwo unterhalb der Fessel. Ich springe instinktiv ab und greife dabei auch nach Moms Zügeln. Mein Puls rast, und meine Knie zittern, aber meine Reflexe funktionieren. Birta flucht und bremst mit ihrem Pferd die Ponys der übrigen Reiterinnen aus, die am liebsten in Richtung Heimat entkommen würden.

Was ist mit Ljósadís? In dem Durcheinander aus zotteligen Pferdekörpern und zappelnden Köpfen muss ich aufpassen, nicht umgerannt zu werden. Der Boden ist rutschig. Ich klammere mich an Àlfatrùs Sattel und recke mich auf Zehenspitzen. Wo ist sie?

Mein Herz setzt einen Schlag aus. Sigrún kämpft immer noch mit ihr. Die Stute hängt inzwischen mit dem Schweif im Zaun fest. Sie rutscht mit einem Hinterbein unsicher auf einer Eisplatte herum. Und unsere Rittführerin hat nichts Besseres zu tun, als Raubtier zu spielen. Sie reißt ihr mit den Zügeln im Maul herum und hämmert mit den Beinen gegen den Pferdebauch. Klar, sie will Ljósadís nach vorn treiben, sie daran hindern, noch weiter rückwärts zu gehen, denn da ist der Graben. Aber mit ihrer drohenden Körperhaltung blockiert sie jede Vorwärtsbewegung.

Ich kann das Weiße in den Augen der kleinen Stute sehen. Sie weiß nicht, wohin mit sich vor Angst und Schmerz. Jetzt platzt mir aber wirklich der Kragen! »Das ist nicht besonders hilfreich«, brülle ich los, und Sigrún kann froh sein, dass ich keine Hand frei habe. »Lass die Zügel verdammt noch mal locker und gib ihr den Weg nach vorn frei. Sie verheddert sich ja nur noch mehr und wird immer panischer! Merkst du das nicht?«

»Glaubst du ernsthaft, du kannst das besser?«, herrscht mich Birta von der Seite an.

»Ja«, fauche ich zurück.

Sigrún steigt endlich ab.

»Elin«, höre ich Mom hinter mir.

»Was?« Ich drehe mich um und folge ihrem schräg nach unten ausgestreckten Zeigefinger. Und dann muss ich gleich noch mal fluchen. »Verdammte Kacke!«

Liegt das an mir? Bringe ich Pferden Unglück? Muss eigentlich immer was passieren, wenn ich mich auf eins draufsetze?

Álfatrú steht auf drei Beinen da. Das vierte entlastet er vorsichtig, und vom Kronrand aus sickert eine dünne hellrote Blutspur den Huf entlang auf den Schnee. Beruhigend streiche ich dem tapferen kleinen Wallach über die Stirn. Er reibt seinen Kopf an meiner Jacke und schnaubt leise. »Tut mir so leid«, flüstere ich ihm ins Ohr.

Birta und Sigrún diskutieren heftig miteinander, und Sigrún angelt wütend nach ihrem Funkgerät. Birta hat Mom ihre Zügel in die Hand gedrückt und untersucht vorsichtig die Wunde meines

145

tapferen kleinen Wallachs, während ich ihn und Moms Pferd weiter festhalte und streichele.

Die Amerikanerinnen sehen verwirrt aus, aber endlich beruhigen sich alle wieder einigermaßen – außer dem Wind. Der dreht immer mehr auf.

»Es sieht schlimmer aus, als es ist«, urteilt Birta, als sie sich aufrichtet, und sagt etwas ins Funkgerät.

Ich verstehe kein Wort. Die Amerikanerinnen fangen an, ein bisschen herumzuzicken wegen der verlorenen Zeit auf ihrer »very expensive riding tour«. Sigrún verdreht die Augen und funkelt mich wütend an, als ob ich an allem schuld wäre. Dann erstirbt das Funkgerät mit einem lauten Rauschen und Knacken. Auf einmal nimmt sie mir Álfatrús Zügel ab und drückt mir die von Ljósadís in die Hand.

»Und jetzt?«, frage ich verdattert.

Sigrún würdigt mich keines weiteren Blickes mehr und stapft mit dem lahmenden Wallach zu Fuß los, zurück in Richtung des Hofes. Ich kann mich nicht einmal richtig von dem tapferen kleinen Kerl verabschieden.

Birta sieht ihr kurz nach, atmet tief durch und wendet sich mit ein paar entschuldigenden Worten an uns.

»Alle wieder aufsteigen«, bittet sie dann, nimmt ihre Zügel von Mom entgegen und lächelt zum ersten Mal, wenn auch etwas verkniffen.

Ich gebe Mom die Zügel ihres eigenen Pferdes zurück und starre Ljósadís an.

Schräg. »Und jetzt?«, frage ich noch einmal. Meine Platte hat grade einen Sprung.

»Jetzt kannst du zeigen, ob du mit ihr klarkommst«, sagt Birta und kümmert sich um eine unserer Mitreiterinnen, die noch mal nachgurten und die Bügellänge verstellen möchte. Ich wette, im Stillen geht ihr Satz noch weiter: … *oder ob du nur eine laute Klappe hast.*

Ich atme zunächst mal lautstark aus und starre dann verblüfft erst Mom an und dann Ljósadís. Kleine tapfere Nordlichtfee.

Na denn.

Die Stute ist immer noch sehr aufgeregt. Ihre Nüstern sind dreimal so groß wie sonst und ihre Augen aufgerissen. Einer Eingebung folgend prüfe ich den Sattelgurt. Ljósadís weicht ängstlich zurück. Er ist viel zu fest angezogen. Das auch noch! Ich streife mir den Handschuh ab und bekomme nicht mal meinen kleinen steifgefrorenen Finger zwischen die Gurtstrippe und den nass geschwitzten Winterpelz an ihrem Bauch. Wo Sigrúns Bein gelegen hat, haben die Sporen kleine Scheuermale hinterlassen. Und das nach der kurzen Zeit.

»Was ist denn?«, fragt Birta. »Hast du Probleme?« Etwa jetzt schon? steht unausgesprochen auf ihre Stirn geschrieben.

Ich presse die Kiefer aufeinander, schiebe das Sattelblatt hoch und schnalle den Gurt zwei Loch weiter, um Ljósadís Luft zu verschaffen. Es kostet richtig Kraft, den Lederriemen überhaupt lösen zu können.

Birta beobachtet, was ich tue. Ihre Kiefer mahlen, als sie den Zusammenhang begreift. Aber sie verkneift sich einen Kommentar. »Wir reden später«, sagt sie mit zusammengepressten Lippen. Ich bin mir ziemlich sicher, dass ihr unterdrückter Zorn nicht mir gilt.

Oh ja, das werden wir!

Laut sage ich nur: »Ich möchte sie erst ein paar Meter führen, bevor ich aufsitze. Ist das okay?«

Ich fange einen überraschten Blick auf, aber Birta nickt. Sie steigt auf und wendet sich den anderen zu.

Langsam stapfen wir los. Ich reihe mich vor Mom ein und führe. Unsere Gangart ist ein flotter Schritt. Durch die Bewegung kommt wieder Leben in meine eiskalten Füße. Bedauernd denke ich an meine warmen Thermoreitstiefel zu Hause. Aber gebrauchte Pferdesachen hätte ich eh nicht einfach so mitbringen dürfen. Ich glaube, die Isländer haben die strengsten Regeln der Welt, wenn es um die Sicherheit oder Ansteckungsgefahren für ihre Tiere geht. Das habe ich vor Jahren mal gelesen. Bei der Einfuhr muss alles neu oder desinfiziert und amtlich geprüft worden sein. Und wenn ein Islandpferd einmal aus Island raus ist, darf es nie wieder in seine Heimat zurückkehren.

Ljósadís schwitzt. Sie kaut nervös auf ihrem Gebiss herum und versucht, mich im Auge zu behalten. Ich atme ruhig ein und aus, so deutlich und bewusst ich kann. Ich möchte ihr zeigen, dass alles in Ordnung ist und von mir keine Gefahr ausgeht. Dass sie sich entspannen kann in meiner Nähe, und ich mache ihr vor, wie.

Es zeigt Wirkung. Das Tänzeln wird weniger, und sie nimmt den Kopf immer weiter herunter. Ljósadís fängt an, mir zu vertrauen.

»Das kannst du auch«, murmele ich leise. »Wir kriegen das schon hin. Wirst sehen.«

Als wir das nächste Gatter erreichen, will ich es wagen.

Birta erzählt gerade von einem Bauern, der unbedingt aus dem Fluss Gewinn schlagen wollte. Er habe geangelt, an einem Abschnitt, der den Elfen gehört, erzählt sie. Trotz vielfältiger Warnungen. Tags drauf waren drei seiner besten Pferde krank und drohten zu sterben. Und erst als er versprochen hat, den Fluss in Ruhe zu lassen, wurden sie wieder gesund. Er soll nie wieder über die Elfen gespottet haben.

Ich muss schmunzeln, auch wenn ich nur mit halbem Ohr zugehört habe. Die Amerikanerinnen sind hörbar beeindruckt. Mom macht Fotos. Vom Flüsschen, von mir und Ljósadís, von der Umgebung. Ich bin damit beschäftigt, die Stute zu streicheln, zu testen, wie sie reagiert, wenn ich aus ihrem Blickfeld verschwinde, mich an die Steigbügel hänge. Sie kaut angespannt und verdreht Augen und Ohren nach mir, aber sie legt sie nicht an.

»Ich tu dir nichts«, verspreche ich und kreise sanft mit den Fingern über ihre Schulter. »Würdest du mich tragen?« Kurz überlege ich, ob ich Birta bitten soll, gegenzuhalten, damit mein Gewicht die Stute beim Aufsitzen nicht aus dem Gleichgewicht bringt. Aber Mom scheint meine Gedanken bereits erraten zu haben.

»Ich mach das schon«, sagt sie und stellt sich mit ihrem Pferd so neben uns, dass Galdradís uns mit seinem Körper von den anderen abschirmt. Dann beugt sie sich herüber und drückt auf ihrer Seite den Steigbügelriemen nach unten, damit der Sattel nicht herumrutscht, wenn ich auf meiner Seite Gewicht hineinbringe.

»Bereit?«

Mom nickt. Ich fasse mir ein Herz, nehme die Zügel an und ziehe mich hoch. Ljósadís tut keinen Mucks, als ich mich so sanft wie möglich setze. Zum Glück passt die Steigbügellänge, und ich muss nicht unnötig auf ihr herumrutschen.

Weiter geht's.

Birta legt immer wieder kleine Stopps ein, um uns an passender Stelle etwas über drollige Steinhaufen und Lavafelder mit Innenleben zu erzählen. Bei jeder dieser Gelegenheiten mustert sie mich wie der Ladendetektiv einen möglichen Dieb. Ich beachte sie so wenig ich kann. Meine Aufmerksamkeit gilt der kleinen Stute unter mir, jedem Muskelzucken, jedem Stolperer und jeder Veränderung in ihrem feinen Maul. Inzwischen trottet Ljósadís brav in der Reihe. Aber sie wirkt jetzt wieder wie abgeschaltet, nicht schläfrig, sondern gleichgültig. Das Nordlicht ist wieder hinter Wolken verschwunden.

Was haben sie dir bloß angetan?

Nur wenn wir das Tempo verändern oder einen anderen Weg einschlagen, kehrt kurzfristig Leben in sie zurück. Dann hebt sie den Kopf, sieht sich aufgeregt um wie ein Jungpferd bei seinem ersten Ausritt.

Mehr als einmal wiehert sie schrill, und es kostet mich Mühe, sie wieder zu beruhigen. Wen hört sie hier draußen? Sie macht keine Anstalten, umzukehren, also zieht es sie nicht in den Stall. Es muss etwas anderes sein.

Kári tigerte unruhig zwischen den Pferden auf und ab.

Anfangs bildete er sich ein, dass er einfach nur nervös war. Es fiel ihm nicht leicht, zuzuschauen, wenn Menschen ungerecht zu Pferden waren. Noch schwerer aber war es, nicht zu beobachten, was passierte. Er bemühte sich ja. Er wollte geduldig sein. Geduld und Toleranz. Kári wusste, dass sein Vater das als große Tugend und Lernaufgabe ansah – wie jeder in der Húldu-Gemeinschaft. Und er wusste, dass jeder Fehler machte. Sogar Elfen. Er war zwar noch nie welchen begegnet, aber soweit er mit der Geschichte dieser Wesen vertraut war, würde er es vermuten. Das musste er Jorúnn fragen bei Gelegenheit. Die alte Kräuterfrau wusste so allerlei über die sagenhaften Völker.

Mánadís stupste den Jungen an und riss ihn damit aus seinen Gedanken. »Natürlich vertraue ich dem Mädchen«, versuchte er, der Stute zu erklären. »Aber irgendwas stimmt nicht. Hast du nicht auch so ein Gefühl?«

Der Schimmel stampfte mit dem Vorderhuf auf.

»Sag das doch gleich«, brummte Kári und glitt auf den Rücken seines Pferdes. »Dann los. Worauf warten wir noch?«

»Kári! Warte!« Er hatte die Furt beinahe erreicht, als Freyja ihn stoppte. Verblüfft bat er Mánadís, anzuhalten, damit sie ihn einholen konnte. »Wo kommst du denn her?«

Freyja brauchte einen Moment, um Atem zu schöpfen. »Dein Vater ist stinkwütend, Kári. Du bist gesehen worden auf dem Hof –«

»Von wem?«, unterbrach Kári. Er war doch vorsichtig gewesen! Im Geist ging er die Verwandten durch, die dort in der Nähe zu tun hatten. Wer konnte ihn gesehen haben – und wer davon würde ihn verraten?

Freyja ging nicht drauf ein. Sie klang gehetzt. »Wir sind gute Nachbarn mit Gunnar. Leg dich nicht an mit seinen Leuten. Es wird Ärger mit dem Rat geben, wenn du nicht mit mir zurückkommst. Jetzt gleich. Komm. Noch ist Zeit!«

Kári sah zwischen den Ohren der Schimmelstute nach vorn. Sie war unwillig. Er spürte, wie ihre Rückenmuskeln unter ihm arbeiteten. Sie wollte weiter. Langsam schüttelte er den Kopf und sah zu Freyja. »Wir haben eine Abmachung mit diesen Leuten, die älter ist als wir beide. Die Gemeinschaft hat ihnen das Land überlassen. Daran sind Bedingungen geknüpft. Jeder hier hat sich verpflichtet, achtsam mit den Geschenken unserer Natur umzugehen.«

Freyja rollte mit den Augen. »Und weiter? Misch dich nicht ein. Das geht dich nichts an. Der Rat hat das im Blick. Ich werde nicht für dich lügen, wenn sie mich fragen!«

»Sie behandeln die Pferde schlecht. Das darf nicht sein!«, widersprach Kári.

»Das tun sie nicht. Du weißt das.« Freyjas Stimme wurde sanfter. Sie legte ihre Hand über seine. Die Geste ließ ihn zusammenzucken. Einen kurzen Moment lang blitzte die Erinnerung an die Berührung des fremden Mädchens auf. Sie war ebenso unerwartet gewesen – aber sie hatte sich ganz anders angefühlt. Unbekannt, unheimlich und …

Káris Gedanken kehrten zurück zu Ljósadís. Zu den Striemen, die Sigrúns Peitsche in ihr mausfalbes Winterfell gefurcht hatte. »Ich habe es jemandem versprochen, und ich halte mein Wort.«

»Um jeden Preis?« Freyjas Lippen kräuselten sich. Das taten sie immer, wenn ihr etwas nicht passte. Schon als sie noch klein war und Káris Vater sie davon abgehalten hatte, auf einen Felsen zu klettern, der den Elfen vorbehalten war. »Warum darf ich nicht auf den blöden Elfenstein?«, hatte sie gebrüllt und die Lippen gekräuselt. Wusste sie damals wirklich nicht, dass sie eine Grenze überschritt, oder wollte sie austesten, was geschehen würde? Ob die Elfen wirklich herauskommen und schlimme Dinge tun würden? Kári hatte nie gefragt. Er war zu erschrocken gewesen.

Freyja fauchte ungehalten. Genau wie damals. »Es geht gar nicht um die Pferde. Es geht um dieses komische Mädchen, oder?«

»Was hat sie damit zu tun?«, fragte Kári überrascht.

»Das frage ich ja dich!« Ihre Augen funkelten angriffslustig.

Er wusste nicht, was er darauf antworten sollte. Freyja war kein Pferdemädchen, keine mit diesem besonderen Verständnis. Sie hatte andere Aufgaben in der Gemeinschaft. Sosehr sie als Kind rebelliert hatte, so wichtig waren ihr die Einhaltung der Gesetze und der Ordnung jetzt. Sie nahm ihre Pflichten so ernst wie er die seinen. Sie würde es nicht verstehen. Er verstand es ja selbst nicht. Also hob er nur hilflos die Schultern.

»Ach, dann mach, was du willst. Ich hab's versucht. Dir ist nicht zu helfen.« Sie riss ihr Pferd am Zügel herum und galoppierte davon. So schnell sie gekommen war, verschluckten sie dichte Nebelschwaden und nahmen sie mit.

Mánadís schnaubte. Sie schien ihn an seine Aufgabe erinnern zu wollen. »Ist ja gut, meine Schöne«.

Der Nebel war neu. Das Wetter gefiel ihm ganz und gar nicht. Nachdenklich streichelte Kári seine Stute am Hals. Sie schnaubte. »Du hast recht. Wir müssen weiter.« Er schnalzte leicht, und Mánadís sprang an.

11. Brodelnde Wasser

»Wohin reiten wir?«, frage ich nach vorn. Birta dreht sich um. »Das ist die Strecke, die im Frühjahr ins Hochland führt. Aber wir biegen nach der Furt da vorn ab und schlagen lieber den Rückweg ein. Der Wind gefällt mir nicht. Er bringt Schnee.«

Die Amerikanerinnen nicken dankbar, und Birta erzählt weiter von Elfensiedlungen und Wohnstätten des verborgenen Volkes. Wir reiten an einem angeblichen Elfenhügel vorbei, wo man sie vermeintlich manchmal sogar singen hören kann. Ich schaue pflichtschuldig hin, bin aber in Gedanken woanders. Der Weg ins Hochland. Wo Ljósadís ihr Fohlen verloren hat. Ich lehne mich im Sattel nach vorn, so weit es geht, ohne sie zu behindern. »Ljóri ist da nicht mehr, mein schönes Nordlicht. Du musst loslassen. Es ist sinnlos«, flüstere ich in ihr Ohr, das aufmerksam in meine Richtung spielt.

Aber was erzähle ich ihr da von loslassen. Ausgerechnet ich.

Ich richte mich wieder auf und wische mit dem Handschuhrücken über meine Augen. Nein, ich weine nicht. Das macht nur der eisige Wind.

»Hier beginnt eine schöne Töltstrecke«, erklärt Birta gerade. »Die Pferde kennen das. Wisst ihr alle, wie ihr treiben müsst?«

Alle bejahen – außer mir. Araber tölten nicht.

Mom nickt mir zu. Sie weiß von früheren Reitkursen, wie es geht. Ich schneide ihr eine hilflose Grimasse.

Birta lässt sich zurückfallen und kommt neben mich. »Es ist ganz einfach: Gewicht nach hinten, den Pferdekopf aufrichten, Zügel kurz und vorwärtstreiben, dabei sitzen bleiben. Kommst du klar?« Zum ersten Mal schaut sie mir in die Augen, und das auch noch freundlich.

Ich nicke halbherzig, und Birta kehrt zurück an die Spitze unserer kleinen Reitgruppe. Ich werde mich ganz bestimmt nicht in Ljósadís' Zügel hängen, jetzt, wo sie allmählich Zutrauen zu mir fasst.

Dann geht es los. Birta hebt die Hand als Zeichen zum Tempowechsel, die beiden Amerikanerinnen tölten an und reiten ihr hinterher.

Mom zögert. »Soll ich hinter euch bleiben?«

Ich schüttele den Kopf. »Mach ruhig.«

»Okay«, sagt sie, wirft mir einen Luftkuss zu und zieht an uns vorbei. Die ersten paar Meter sieht es für mich eher aus wie Schweinsgalopp, dann fällt Galdradís in einen wilden Stechtrab, aber auf einmal hat er seinen Rhythmus gefunden.

Ich lasse Ljósadís die Zügel lang, schnalze aufmunternd mit der Zunge und bleibe kurz im Sattel sitzen. Sie soll selbst entscheiden, welche Gangart und welches Tempo sie für sich wählt. Ich passe mich schon an. Ganz von allein töltet sie los. Aber ihre Beine sind kurz im Vergleich zu den anderen. Die Gruppe entfernt sich von uns, und dazwischen wirbelt der Wind Schneewehen auf und versperrt uns zusätzlich die Sicht.

Ich spüre, wie ihr Unbehagen wächst, und will ihr die Fortbewegung erleichtern, indem ich in den leichten Sitz wechsle. Sie prescht so schnell los, dass ich fast das Gleichgewicht verliere und eilig die Zügel nachfasse. Mein Herz klopft bis zum Hals. Aber Ljósadís will nur den Abstand zur Gruppe verringern. »Feines Mädchen. Alles ist gut«, lobe ich ein bisschen atemlos und streiche ihr mit einer Hand über den Hals.

Feines Mädchen … genau wie Sahara …

Mom dreht sich zu uns um. Ich signalisiere ihr, dass alles in Ordnung ist, und dann müssen wir schon wieder durchparieren, denn vor uns liegt gefühlt das zwanzigste Gatter, das es zu öffnen und wieder zu schließen gilt.

»Ist diese Landschaft nicht zauberhaft?«, fragt meine Mutter und sieht sich während unserer Zwangspause verzückt um. Ich zucke mit den Schultern.

Landschaft. Ja. Da war ja noch was. »Davon hab ich jetzt nicht so richtig viel mitbekommen«, grinse ich schief. »War beschäftigt.«

»Alles gut?« Moms Augenbrauen bilden eine besorgte Linie.

Abgesehen davon, dass ich morgen vermutlich den Muskelkater meines Lebens haben werde? Und dieses Pferd nahtlos zwischen Pulverfass und Schlaftablette variiert? Ich verziehe mein Gesicht zu einer mutterberuhigenden optimistischen Clownsgrimasse. »Klar.«

Funktioniert. Erleichtert dreht Mom sich wieder nach vorn.

»Gleich durchqueren wir einen kleinen Fluss«, kündigt Birta an, während sie das Holztor hinter uns einhakt. Sie muss kräftig gegen den Wind anschreien. Noch weigere ich mich, das wilde Lüftchen Sturm zu nennen. Aber der Himmel hat sich zugezogen, und die Schneeflocken, die er zu uns herantreibt, werden ziemlich waagerecht in mein Gesicht geschleudert.

»Die Pferde kennen die Furt und die Strömung, ihr nicht. Also bleibt einfach grade sitzen und bemüht euch, sie nicht weiter zu stören. Es sei denn, ihr wollt baden gehen. Aber das würde ich heute nicht empfehlen.« Unsere Mitreiterinnen giggeln. Mom verdreht verdeckt in meine Richtung die Augen. Sie kennt das ja schon. Coole Mom. Ich bin ein bisschen aufgeregt. Na gut, ziemlich aufgeregt bin ich.

Meine Nordlichterfee hat es ziemlich eilig, die steile, steinige Böschung hinunterzuklettern und ins Wasser zu kommen. Es würde mir nicht im Traum einfallen, sie hier in irgendeine Richtung lenken zu wollen. Das Wasser am Ufer ist glasklar. In der Mitte brodelt es regelrecht aufgrund der Strömung. Und es dampft. Ich staune und kratze aus meinen grauen Zellen, was noch vom Physikunterricht übrig geblieben ist. Logisch. Die Außentemperatur ist weit unter null. Minus zehn Grad waren es heute am Morgen. Das Wasser muss deutlich wärmer sein als der Gefrierpunkt. Und die Pferde haben Durst.

Ljósadís reißt mir ganz pragmatisch die Zügel aus der Hand und mich aus meinen Gedanken. Sie senkt den Kopf in den Fluss, sobald wir knietief drin sind, und trinkt, als hätte sie seit Tagen nichts bekommen. Ich grübele über die beheizten Tränkebecken, während ich körperlich jeden einzelnen Schluck in ihren Bauch laufen fühle.

Ljósadís trinkt und trinkt. Die anderen sehe ich gemächlich weiterreiten. Sollen sie. Die holen wir schnell wieder ein. Ich genieße die Ruhe, den magischen Dunst, der um uns herum aufsteigt wie in einem Dampfbad. Als ob wir allein auf der Welt wären, in einem Nebelreich aus Feuer, Eis und Lava. Ich lege meinen Kopf in den Nacken und öffne den Mund. Strecke die Zunge heraus wie zuletzt als kleines Mädchen und versuche, damit Schneeflocken zu fangen. Ich genieße, wie sie in meinem Mund zergehen, beobachte, wie sie in der Dunsthaube des Flüsschens verschwinden und vor allen Blicken verborgen mit der Wasseroberfläche verschmelzen. Kein Wunder, dass die Isländer so viele Mythen und Legenden um ihr Verstecktes Volk gewoben haben. Es ist fast schon ein Ding der Unmöglichkeit, in einer solchen Umgebung nicht an etwas Verwunschenes glauben zu wollen.

Aber nur fast.

Ich rücke mich im Sattel zurecht und nehme sanft die Zügel auf. »Komm weiter, kleines Nordlicht. Wir verlieren den Anschluss«, locke ich meine Lichtfee und lege sanft die Schenkel an. Ljósadís trinkt unbeeindruckt weiter. Ich versuche es noch einmal und übe etwas mehr Druck aus. Die letzte Reiterin verschwindet am gegenüberliegenden Ufer irgendwo im Nebel. Ich kann nicht einmal mehr erkennen, ob die Silhouette zu meiner Mutter gehört oder einer der anderen vier Frauen.

»Ljósadís, bitte.«

Endlich nimmt die Stute den Kopf aus dem Wasser. Unwillig. Stampft mit dem Vorderhuf im Fluss herum, dass es nur so spritzt. Sie wird sich doch jetzt nicht wälzen wollen?

Leichte Unruhe erfasst mich. Ganz cool, Elin! Deine Aufregung überträgt sich aufs Pferd. Ruhig atmen! Sitzen bleiben, hör auf, so nervös im Sattel herumzurutschen! Das sagt sich so leicht.

Ich sehe mich um. Wir befinden uns immer noch eindeutig an diesem Ufer. Aber wir müssen ans andere. Dazu müssen wir mitten durch dieses brodelnde Wasser. Hat das vorhin auch so geschäumt und um die kantigen Felsbrocken herumgesprudelt? Warum sieht die Böschung da drüben auf einmal so steil aus und so weit weg? Ich kann sie kaum noch erkennen in den immer dichter werdenden Nebelschwaden um uns her.

»Hey, Lichtfee. Von mir aus nenne ich dich auch Lichtgöttin, aber bring uns bitte heil da rüber, ja? Jetzt!«

Ich schnalze aufmunternd und versuche noch mal, sie mit Schenkel- und Gewichtshilfen in die Bewegung zu schieben. Es misslingt. Gründlich. Ljósadís reißt den Kopf hoch, lauscht einen Moment lang und stößt gleich darauf ein schrilles Wiehern aus. Als Antwort auf etwas, das nur sie hört. Dann geht sie viel energischer vorwärts, als mir lieb ist. Mitten hinein in den reißenden Bach. Steine rollen und rutschen unter ihr zur Seite. Ich spüre die Strömung an den Beinen der kleinen Stute. Immer wenn sie einen Huf hebt und nur noch auf dreien so etwas wie Bodenkontakt hat. Das Wasser steht ihr schon bis kurz unter den Bauch. Ich ziehe die Füße hoch. Bei diesem Wetter nass werden, hier draußen im Nirgendwo, das ist bestimmt nicht sonderlich gesund. Und ich habe nun mal kein isländisches Winterfell, auch wenn einen diese komischen blauen Overalls das glauben machen sollen. »Du weißt, was du tust, oder?«, murmele ich vor mich hin und bin mir unklar, ob ich Ljósadís anspreche oder ob es sich um ein Selbstgespräch handelt. Ich glaube, ich habe Angst.

Dann verliert die Stute für einen Moment den Halt, kommt ins Trudeln, rudert, fängt sich wieder. Und ich kann nichts tun, als mich irgendwie im Sattel zu halten und mit diesen blöden Schihandschuhen in ihre Mähne zu krallen.

Wo ist denn jetzt das Ufer hin? Ich sehe nur noch Weiß und Wasser. Wie viel Zeit haben wir verloren? Wie weit sind die anderen schon weg – und warum merkt keiner, dass wir fehlen? Mom? Gleich rufe ich laut nach ihr!

Ljósadís wiehert noch einmal. Ihre Stimme geht mir durch Mark und Bein.

Das Wasser unter uns ist verdammt tief. Das Sattelblatt wird nass. Ich kann nichts anderes tun, als die Füße noch mehr hochziehen und der Stute den Kopf freigeben. »Birta hat gesagt, du kennst den Weg. Finde die Furt, Ljósadís. Bitte!« Die kleine Stute kämpft. Rutscht wieder weg. Tritt in ein Loch. Wir sacken ab. Meine Füße werden nass. Das ist nicht gut. Gar nicht gut. Ich kämpfe auch. Gegen einen Anflug von Panik. Weil ich nicht mal mehr was sehen kann. Ruhig bleiben! Atmen! Wir kommen schon hier raus. Das wäre ja geradezu lächerlich, wenn nicht.

Was war das?

Ich höre etwas platschen. Direkt neben uns. Und auf einmal ist er da. Der seltsame Junge. Er watet durchs hüfthohe Wasser. Mitten im isländischen Winter. Ich muss mich beherrschen, um nicht hysterisch loszulachen, während er sich mühsam zu uns vorarbeitet. Der friert sich doch tot, wenn er hier wieder raus ist! Und woher kommt er überhaupt? Hab ich ein Abo auf Stunt-Rettungen in diesem Land? Ist das ein Überraschungs-Event-Ausritt? Vielleicht ist er Schauspieler.

Der Junge greift Ljósadís ins Zaumzeug und dirigiert die Stute zielsicher aus den Untiefen ins flache Wasser. Stück für Stück zieht er uns in Richtung des fremden Ufers, das ich irgendwo vor uns vermute.

Er riecht nach Schaf. Nach nassem Schaf. Und im Moment ist das der schönste Geruch der Welt. Oh Gott, wie gut, dass er keine

Gedanken lesen kann. Wie gut, dass er da ist. Schaffen wir das? Wir schaffen das!

Ich bin viel zu aufgeregt, um irgendetwas von dem auszusprechen, was mir wirr im Kopf herumgeht. Ist vielleicht auch besser so. Außerdem versteht er ja anscheinend eh kein Wort von dem, was ich sage.

Es ist tatsächlich fast geschafft. Ich erahne bereits die Böschung vor uns. Jetzt kann Ljósadís allein weiter. Das scheint unser Retter auch zu finden, denn er gibt mir die Zügel frei und lässt los. Tropfnass wie eine Bergziege – oder ein Bergschaf – klettert er den schmalen, ausgetretenen Hang hinauf, den Ljósadís nur mit Schwung und allen vier Hufen bewältigt. Oben bleibt er stehen, bückt sich zu seinen Hosenbeinen und wringt sie mit rot gefrorenen Händen aus. Er mustert mich scheu, nickt mir kurz zu und tätschelt dafür ausgiebig meiner Stute den Hals, flüstert ihr etwas in die gespitzten Ohren. Ljósadís schnaubt, und er lächelt. Auch nur kurz. Dann will er sich davonstehlen.

»Hey, warte mal«. Endlich weicht meine Schockstarre.

Er hält tatsächlich an. Neugier und so etwas wie Unsicherheit scheinen in ihm zu kämpfen, als er mich ansieht.

»Ich … ich hab mich noch gar nicht bedankt«, sage ich stockend. »Thank you. Für eben. … und für neulich. Also … ich …« Ich grinse dämlich. »Schätze, für mich ist noch nie jemand in einen Fluss gesprungen … into the river … bei so einem Wetter schon gar nicht.«

Der Junge nickt. Er folgt meinen Worten, aber ich fürchte, viel hat er nicht wirklich verstanden von meinem Kauderwelsch. Er sieht Ljósadís an, als wolle er sich bei ihr Mut holen. Dann fängt er an, auf mich einzureden. Er sprudelt wie ein Wasserfall. Gestikuliert mit Händen und Mimik, und ich habe keine Ahnung, worum es geht. Aber er zeigt auf Ljósadís und die Berge, mit denen das Hochland beginnt. Dann deutet er auf mich und auf die Richtung, in der die anderen Reiter verschwunden sind, und redet und redet, und ich verstehe keinen Ton.

»Sorry!«, unterbreche ich ihn und versuche es noch mal mit Englisch. Das können die hier oben doch alle, oder? Wo so viele Touristen hier sind … Gunnar konnte ja sogar fließend Deutsch.

Er winkt ab und lässt dafür wieder sein strahlendes Lächeln sehen. Himmel, hat der weiße Zähne.

Vielleicht habe ich ihn zu lange angestarrt. Denn er beobachtet mich mit schief gelegtem Kopf. Sogar seine blonden Locken sind nass, jetzt haben sie die Farbe von Gold. Das bringt seine unglaublich grünen Augen noch mehr zum Leuchten. Oh nein! Ich hab ihn doch nicht wirklich angestarrt, oder? Jedenfalls versucht er es jetzt auf die Neandertalertour. Zeigt mit beiden Händen auf seine Brust und sagt: »Kári.« Dann guckt er mich mit hochgezogenen Augenbrauen an, als ob damit alles gesagt sei.

»Kauri«, wiederhole ich, was ich höre, und komme mir selten dämlich vor. Aber er nickt begeistert, zeigt auf meine Stute und sagt: »Ljósadís.« Endlich begreife ich. »Du heißt Kári! Das ist dein Name! Cool!«

Kári strahlt. »Elin«, sage ich und lege die Hand auf mein wild pochendes Herz. »Ich heiße Elin.«

Kári nickt ernst und verbeugt sich leicht. »Elin«, sagt er und dazu irgendwas, das für mich klingt wie »Willkommen in meinem Land«. Drolliger Typ. Und süß. Vor allem süß.

Vielleicht ist Isländisch ja gar nicht so schwer, wie alle sagen. Klappt doch schon ganz gut. Wir grinsen uns schüchtern an, und in mir zerplatzt ein Päckchen Brausepulver und kribbelt mir die Magenwände hinauf.

Ljósadís ruft sich mit leisem Brummeln in Erinnerung. Dann tauchen aus dem Nebel vor uns Stimmen auf. Ich erkenne die Umrisse von zwei Pferden. »Das ist meine Mom«, erkläre ich Kári erleichtert. Er zeigt an sich hinunter und grinst schelmisch. Ich erwidere sein Lachen und streiche mir eine widerspenstige Haarsträhne zurück unter die Kapuze. Kann ich verstehen, dass er so nicht unter Leute will.

Auf seinen schrillen Pfiff kommt wie aus dem Nichts der Schimmel angetrabt. Kári zögert einen kurzen Moment, dann geht er auf mich zu, nimmt meine Hand und haucht einen zarten Kuss darauf. Das Brausepulver in meinem Magen zischt und brodelt, und meine Wangen glühen. Aber während ich noch überlege, wie ich darauf reagieren soll, ist er schon bei seinem sattellosen Pferd, schwingt sich auf dessen Rücken und reitet los.

»Elin?!« Moms Stimme schallt aus dem Sturm zu mir herüber.

»Ich bin hier!«, rufe ich. Und als ich mich mit meinen wackeligen Puddingknien wieder zu ihm umdrehe, sind Kári und sein Schimmel verschwunden. Genauso plötzlich wie der geräuschlose windstille Nebel.

»Freyja!«

Er war sich sicher, dass Freyja ihn gehört hatte. Aber das Mädchen warf den Kopf herum, rannte ohne ein Wort zu seinem Pferd und sprengte davon. Wenn sie unbedingt meinte, dass sie den Verwandten erzählen musste, dass er hier war, dann würde er dafür geradestehen. Alle Pferde lagen ihm am Herzen. Wem sie gehörten, war zweitrangig, auch wenn es Ärger bedeutete.

Aber warum war sie noch einmal zurückgekehrt? Wieso interessierte sie sich so brennend für die Touristengruppe? Was hatte sie da am Ufer zu schaffen gehabt, hinter die Büsche geduckt wie eine Wegelagerin? Und was zum Himmel war nur in letzter Zeit mit ihr los?

Kári stieg ab. Er musste sich schwer gegen den Sturm stemmen, als er seine Stute in Richtung der Böschung dirigierte. Das Ufer war steil und vereist durch die Temperaturunterschiede zwischen dem warmen Vulkanwasser und der eisigen Umgebung. Der kleine Fluss selbst war von einer Dunstglocke beschirmt. Auf der anderen Seite konnte Kári die Umrisse von vier aufs Pferd geduckten Reitern ausmachen. Aber es hätten fünf sein müssen. Im selben Moment hörte er ein Pferd wiehern. Schrill. Angsterfüllt. Ljósadís.

Kári zögerte nicht. Er schlitterte den Abhang hinunter und kniff die Augen zusammen, um irgendetwas erkennen zu können in dem dichten Nebel, der unbeweglich über dem Fluss hing. Hier unten war es *erstaunlicherweise beinahe windstill. Aber er hatte keine Zeit, darüber nachzudenken, was die Erklärung dafür sein mochte. Später würde er Freyja zur Rede stellen.*

Es war nicht Sigrún, die auf Ljósadís kauerte. Es war das Mädchen mit den Seegrashaaren. Sein Herz hüpfte. Doch sein Magen zog sich zusammen. Denn die Stute hatte offenbar den Halt verloren und war ein kleines Stück von der eigentlichen Furt abgetrieben worden. Noch hielt sie sich auf einem Felsvorsprung. Aber Kári wusste, wo der Weg durch den Fluss führte. Das Mädchen nicht. Sie klammerte sich an der silbrigen Mähne fest. Allein würden sie es niemals auf die andere Seite schaffen, und ihre Gruppe war zu weit weg, um sie im Sturm zu hören. Ljósadís trudelte wieder. Mit geblähten Nüstern wieherte sie noch einmal.

Es gab keine andere Möglichkeit. Kári streifte seine Jacke und seine Tasche ab und watete ins Wasser. Zumindest war das der Plan. Stattdessen fand er sich mit einem mächtigen Platsch direkt neben der Stute wieder und konnte selbst gerade noch die Zügel greifen. Er hatte noch nie so eine reißende Strömung in dem kleinen Flüsschen erlebt. Es war zu einem Fluss angeschwollen, brodelte und toste und holte ihn fast von den Beinen.

Er durfte sie nicht ansehen. Ihre Augen würden ihm den Verstand vernebeln. Er musste sich konzentrieren. Halt finden und dann einen Fuß vor den anderen. Er griff nach den Zügeln der grauen Stute, drehte sich um und hielt sich schräg vor ihr, damit sie ihn nicht mit ihren paddelnden, unter Wasser suchenden Hufen traf. Das Mädchen schwieg. Es krallte sich in den Sattel. Er wusste nicht, ob sie ihn überhaupt wahrnahm, und im Moment war das auch nebensächlich. Aber sie nahm ihn doch wahr, oder? Er musste sich zwingen, nicht ihren Blick zu suchen. Oder wie zufällig ihren Arm zu berühren. Oder ihr Bein.

166

Stück für Stück leitete er Ljósadís aus den Untiefen ins flachere Wasser zurück, zum gegenüberliegenden Ufer. Oder zumindest in die Richtung, in der er das Ufer vermutete. Woher kam nur dieser dichte Nebel? Die gurgelnden Wassermassen klatschten ihm gegen Brust und Rücken, spritzten in sein Gesicht und ließen kein Fleckchen Haut oder Stoff trocken. Er war am Ende seiner Kraft. Wie weit noch?

Ljósadís kämpfte sich mit einem mächtigen Satz auf einen Felsvorsprung. Es ging bergauf. Endlich. Sie hatten es beinahe geschafft. Das war die Böschung. Er konnte die Steine sehen, den Schnee und das Eis. Der Nebel löste sich auf. Jetzt konnte er Ljósadís Leine lassen. Ab hier fand sie ihren Weg besser allein. Er gab dem Mädchen die Zügel zurück, verschnaufte einen Augenblick und kletterte nach dem Pferd den schmalen, ausgetretenen Hang hinauf, den Ljósadís nur mit Schwung und allen vier Hufen bewältigte. Das Mädchen gab einen erschrockenen Laut von sich.

Er keuchte und rang nach Atem. Oben blieb er kurz stehen. Die plötzliche Kälte war schneidend auf seiner Haut, und der Sturm pfiff nun ungebremst durch seine nasse Kleidung. Kári bückte sich zu seinen Hosenbeinen und wrang sie aus, bevor der Wind sie steif frieren würde. Irgendwo musste seine Jacke liegen. Gar nicht weit. Hinter den Büschen, wo sein Schimmel wartete und an den Zweigen herumzupfte. Aber dazu müsste er dorthin gehen.

Ihm war so kalt. Der Schnee unter seinen Füßen fühlte sich wie Teer an. Klebrig. Er hielt ihn hier fest. Der Sturm zerrte an ihm, nur das Pferd bot ihm ein wenig Deckung. Dankbar schmiegte er sich in seinen Windschatten. Káris Hände waren rot-blau. Er knetete sie, um sie am Leben zu halten, und steckte sie dann schnell in die kleine warme Kuhle zwischen Ljósadís' Brust und Ellbogen. Dabei riskierte er einen kurzen Blick auf das Mädchen. Er musterte sie scheu, nickte ihr zu und sah schnell wieder weg, als ihre Blicke sich begegneten. Ihre Augen waren fast so weit aufgerissen wie die der kleinen Stute. Sie waren graublau, aber nicht wie das Meer an einem bewölkten Tag. Er korrigierte sich. Sie waren wie das Meer vor einem Sturm. Und sie lösten einen Sturm in seinem Magen aus. Er wusste nicht, wohin mit sich. Das war alles fremd. Neu. Er hätte sie gern berührt.

Unsicher strich er sich ein paar kalte, nasse Haarsträhnen aus dem Gesicht und suchte mit den Fingerspitzen erneut Halt und Wärme. Er fand sie unter der dichten Mähne der Stute. Sie drehte die Ohren zu ihm, kaute nervös auf ihrem Gebiss herum. »Weißt du auch nicht, was du tun sollst?«, flüsterte er ihr zu und tätschelte der Grauen den Hals. »Hast du wenigstens einen Rat für mich?« Ljósadís schnaubte, und er lächelte kurz.

Den beiden ging es gut. Das war das Wichtigste. Die anderen Reiter würden bald umkehren und sie suchen. Besser, er war dann nicht mehr hier. Doch als er sich davonstehlen wollte, kam Leben in das Mädchen.

»Hey, warte mal.« Sie sah ihn aufmerksam an. Anscheinend wusste sie genauso wenig, wie sie sich verhalten sollte. Auch in ihr schien etwas zu kämpfen. Diesmal wich er ihrem Blick nicht gleich aus. Er wartete ab. Sie biss sich auf die Lippe. Und sie zog die Nase kraus, schniefte und wischte sich mit dem Handrücken darüber. Dann lächelte sie verlegen und redete auf ihn ein. Stockend. Er verstand die Worte nur so ungefähr. Bruchstücke. Vielleicht war er abgelenkt von den Grübchen. Auch wegen des Sturms. Vor allem aber wegen der Sprache. Die hatte er schon ein paarmal gehört, aber nur wenige Wörter konnte er zuordnen.

Sie bedankte sich stockend. So viel war klar. Und nach ihren Gesten ging es dabei nicht nur um heute. Er mochte den Klang ihrer Stimme. Ljósadís auch. Das Pferd beruhigte sich zwischen ihnen. Aber es reckte aufmerksam den Kopf und spähte in die Ferne. Er musste gehen. Es war Zeit. Freyjas Aussage beunruhigte ihn. Ganz abgesehen davon, dass er sich eine Lungenentzündung holen würde, wenn er weiter in der Kälte herumstand. Aber er wollte dem Mädchen mit den schönen Augen zumindest erklären, warum Ljósadís so traurig war. Die Geschichte von ihrem Fohlen. Und ihr sagen, dass sie der kleinen Stute vielleicht das Leben gerettet hatte. Einfach durch ihr Dasein. Durch ihr Fühlen und Spüren und Zuhören. Die Worte sprudelten aus ihm heraus, vielleicht auch, weil er wusste, dass sie vermutlich keins davon verstehen würde, allenfalls etwas von der Botschaft mit dem Herzen erfassen. Und ein großes Herz hatte sie ganz sicher. Eins, das wie seins für die Pferde schlug, ohne dafür eine Gegenleistung zu verlangen. Er redete mit Händen und Füßen. Zeigte auf die Stute und das Hochland, auf das Mädchen und den Weg, den sie weiterreiten musste, um ihre Leute zu finden. Den Anschluss an ihre Gruppe, von der jemand bereits unterwegs hierher zurück war.

Er fühlte in seiner Hosentasche nach dem Halstuch. Er trug es immer bei sich, weil er es ihr zurückgeben wollte. Nein. Nicht wollte, musste. Sie hatte es nicht ihm geschenkt, sondern Blika. Von Blika erzählte er auch. Dass es ihr gut ging, dass die Salbe und der Verband geholfen hatten. Nur für den Fall, dass sie die Stute auf die Entfernung neulich nicht erkannt hatte.

Sie unterbrach ihn. »Sorry.« Wenn sie lächelte, hatte sie Grübchen. Hübsch war das. Er strahlte sie an.

Sein Schimmel schnaubte, und der Sturm hatte ihn wieder. Er musste fort. Sie kamen näher. Nur noch einen Augenblick. Kári legte den Kopf schief. Er wusste nicht mal ihren Namen. Wie sollte er ihr das begreiflich machen? Vielleicht so, wie er es einmal in einem alten Buch gelesen *hatte. Robinson Crusoe. Unbeholfen zeigte er auf sich und kam sich dabei sehr, sehr albern vor. »Kári.«*

Sie wiederholte es. Es klang beinahe richtig. »Kári?« Sie hatte keine Ahnung, was er wollte.

Er musste es anders versuchen. Er zeigte auf die Stute: »Ljósadís.« Und da begriff sie, plapperte irgendwas und legte sich ihre eigene Hand aufs Herz: »Elin.«

Sie hieß also Elin. Ein fremdes Mädchen mit einem isländischen Namen, und sie sprach mit ihm, einfach so. Das war etwas doppelt Besonderes. Ein Zeichen vielleicht?

»Elin«, wiederholte er mit rauer Stimme und verbeugte sich leicht, so wie es sich gehörte. »Ich werde Jorúnn um Rat fragen. Ich weiß nicht, was ich tun soll. Wir werden uns wiedersehen. Ich bin dir verbunden.«

Ljósadís brummelte ungehalten. Er hörte es auch. Sie waren bereits in Rufweite. Das Mädchen sagte etwas. Er musste wirklich verschwinden. Besser, er kam jetzt schnell nach Hause und in trockene Sachen. Er zeigte an sich hinunter, grinste und pfiff nach seinem Schimmel. Er fischte seine Jacke und die Tasche aus dem Schnee. Dann zögerte er einen Moment. Mánadís schnaubte. Er klopfte ihr dankbar auf die Schulter und gab sich einen Ruck. Bereuen würde er es so oder so. Bevor er es sich anders überlegte, lief er zu dem Mädchen zurück. Zu Elin. Und gab dem Impuls nach, ihre Hand zu nehmen, noch einmal das Kribbeln zu spüren, wie wenn er einen Bienenstock berührte. Er hauchte einen Kuss darauf, und dann rannte er davon, als wäre der ganze Schwarm hinter ihm her.

Als er sich auf Mánadís' Rücken schwang, hatte er ein Grinsen im Gesicht, so breit wie die Ebene von Thingvellir. Er hoffte nur, dass Elin es nicht sah. Oder jemand sonst. Das wäre ihm peinlich gewesen. Trotzdem hätte er singen können vor Glück.

12. Pferdeglück

Liebes Tagebuch! Ich habe einen isländischen Schafhirten kennen-
gelernt. Er heißt Kári und hat mir schon zweimal beinahe das Leben
gerettet. Ich verstehe kein Wort von dem, was er sagt, aber er ist total
süß und kann fantastisch reiten und mit Pferden umgehen. Er hat mir
sogar schon Blumen geschenkt, als Dankeschön, weil ich seiner Stute
geholfen habe, glaube ich. Und die Hand geküsst … kicher.

Wenn ich tatsächlich Tagebuch schreiben würde, wäre das vermutlich mein heutiger Eintrag, und wahrscheinlich würde ich ihn
sogar megakitschig mit kleinen Hufeisen umkringeln. Natürlich
nicht mit Herzchen, das wäre too much. Aber Hufeisen, das ginge.
Das wäre schon okay, denke ich.

Was für ein faszinierendes Land. Ich grinse in mich hinein.
Und erst die Pferde … und die Menschen … Kári. Schöner Name.
Ich frage mich, wie sich seine Haare anfühlen. Wie sie duften.
Nach frischem Heu? Nach Wildkräutern? Und wie es wohl wäre,
wenn er mich mit seinen Fingern berührt. Ich stelle mir vor, wie er
eine meiner wilden, grünen Haarsträhnen sanft hinter mein Ohr
schiebt. Eine Ameisenfamilie kribbelt über meinen Rücken. Grinsend ziehe ich den Schal über meinen Mund.

Es ist mir ein Rätsel, aber durch irgendein Wunder bin ich tatsächlich weitgehend trocken geblieben bei dieser Flussüberque-

rungsaktion, abgesehen von meinen nassen Socken und Stiefeln. Mom bekommt das zum Glück nicht mit. Sie schiebt die Nässe-spuren auf den Schnee, und in dem zunehmenden Sturm kann man ohnehin nicht mehr so viel erkennen.

Ljósadís geht es auch gut. Also den Umständen entsprechend. Das ist mir das Wichtigste. Das Gesicht von Sigrún, als wir auf dem Hof einreiten, werde ich so schnell nicht vergessen. Ihre Mi-mik spricht Bände. Wahrscheinlich ist sie felsenfest davon aus-gegangen, dass die Stute mich schon nach den ersten zwanzig Metern an irgendeinem zugeschneiten Grashalm abstreift. Hat sie aber nicht. Schlimmer noch: Wir haben wider Erwarten sogar den verhexten Fluss überlebt. Vermutlich musste Sigrún also doch noch ganz schnell auch für mich ein Gedeck auf den Mittagstisch stellen. Vor meinem inneren Auge sehe ich, wie sie einen Teller mehr hinknallt, dass es nur so klirrt.

Pech für dich, du bitch!

Und Gunnar habe ich auch noch einiges zu erzählen. Zieh dich warm an, Sigrún.

Die Amerikanerinnen drücken ihre Ponys beim Anbindebalken Birta in die Hand, lassen sie dann einfach stehen und hasten ohne Abschied oder Dank an die Pferde nach drinnen. Sie haben es offensichtlich sehr nötig, sich aufzuwärmen und ihre heiße All-inclu-sive-Suppe zu essen, bevor der Bus sie wieder zurück in die Stadt bringt.

Ich habe es nicht so eilig.

Völlig in Gedanken halte ich das Sattelblatt hoch und öffne die Strippen, um den Bauchgurt zu lösen. So wie ich es immer tue bei meinem Pferd. Getan habe, korrigiere ich mich. Das ist lange her.

Ich zögere. Meine Hand verkriecht sich einen Augenblick lang in der dicken warmen Wolle von Ljósadís' mausgrauem Fell. Warm und lebendig fühlt sich das an. Jetzt und hier.

»Na, servus«, spricht mich auf einmal Theres von der Seite an und legt den Schweifriemen auf den Sattel. »Wüllst mich um maanen Job bringen?«

Ich fahre zusammen, weil ich sie bei dem Unwetter weder kommen gehört noch überhaupt mit ihr gerechnet habe.

»Oh«, sage ich schuldbewusst. »Das war keine Absicht.«

»Ja eh. Macht nix«, lächelt die Österreicherin, nimmt mir den Sattel ab und stapelt ihn auf den von Mom. Wahrscheinlich ist sie insgeheim froh, schneller wieder reinzukönnen.

Ich schiebe noch schnell den Gurt über die Sitzfläche und nutze die Gelegenheit, mich in Ruhe von Ljósadís zu verabschieden, während Theres das Leder vor dem Wetter in Sicherheit bringt.

»Anscheinend haben wir ein Abo auf stürmische Ritte«, ruft Mom und wirft mir ein Stück Apfel zu, woher auch immer sie das auf einmal hat.

Ich lächele, während ich es der kleinen Stute unter das weiche Maul halte, und denke an mein überstandenes Flussabenteuer. »Ach, zwischendurch war's doch schön windstill«.

Mom stemmt ihre Hände auf die Hüften. »Wann soll das denn gewesen sein? Also, während du dich beim Planschen vergnügt hast, sind wir jedenfalls fast vom Pferd geweht worden.«

Ich muss lachen. »Geht's noch eine Spur dramatischer?« Wirklich gut, dass sie nicht alles weiß, was mir heute passiert ist.

Ljósadís kaut schmatzend auf dem Apfelstück herum. »Hast du noch eins?«, wende ich mich an meine Mutter. »Das schmeckt ihr!«

173

Ich frage mich, wie oft ein Islandpferd im Winter wohl Äpfel zu naschen bekommt. Aber Mom schüttelt bedauernd den Kopf und geht dazu über, Erinnerungsfotos mit ihrem Galdradís zu schießen. Ich drehe mich weg. Dafür sehe ich aus dem Augenwinkel Gunnar, der mit verschränkten Armen am Eingang zur Reithalle steht und uns beobachtet.

Schon wieder. Wieso fühle ich mich auf diesem Hof ständig wie der einzige Pandabär im Zoo?

Gunnar kommt lässig zu uns herübergeschlendert, was bei den Windverhältnissen schon irgendwie unecht wirkt.

»Du bist Ljósadís geritten?«, fängt er das Gespräch an. Ich nicke. »Alfató hatte Schwierigkeiten. Ich glaube, er kann nicht richtig sehen, und dann hat er sich verletzt, als …«

Gunnar hebt einen Arm und winkt ab. »Das weiß ich alles. Erklär mir lieber, wie es kommt, dass du mit dieser kleinen verrückten Stute hier klarkommst und Sigrún nicht? Vielleicht sollte ich dich lieber für den nächsten Sommer verpflichten, oder?«

Ich blinzele nervös. Auf einmal wird mir klar, dass Sigrúns Job auf dem Spiel stehen könnte. Hat sie das verdient? Ich weiß es nicht. »Na ja«, fange ich an. »Ich glaube, dass ich einen Draht zu Ljósadís habe. Sie ist traurig.« Ich wische ein paar übrig gebliebene Schneeflocken von ihrer Kruppe und nehme meinen ganzen Mut zusammen. »Und ich glaube, das hängt mit ihrem verlorenen Fohlen zusammen. Sie braucht jemanden, der sie versteht, nicht nur fordert und schiebt. Jemanden, der sie tröstet und ihr Kraft und Motivation gibt, nach vorn zu sehen. Das Alte loszulassen.«

»Und du bist diese Person?« Gunnar sieht mich nachdrücklich an. Ich schüttele den Kopf und erschrecke ein wenig, weil es so offensichtlich ist. Ich hätte genauso gut von mir selbst reden können. Vielleicht habe ich das sogar.

»Nein«, antworte ich und laufe dabei rot an. »Aber ich kann mich gut in sie hineinversetzen, weil wir ähnliche Erfahrungen gemacht haben. Und wenn … wenn sie verkauft wird, dann …«

»Hmm.« Gunnar nickt und verabschiedet sich mit einem Klaps auf den Hintern der kleinen Stute. »Euer Essen wartet drinnen.« Er wendet sich zum Gehen. »Denk drüber nach. Im Sommer brauchen wir noch Tourbegleiter«, wirft er mir über die Schulter zu, als er schon fast wieder an der Halle ist.

Moment mal. Ist mir da eben ein Sommerjob in Island angeboten worden?

»Heißt das, Ljósadís darf bleiben?«, rufe ich ihm hinterher.

Er hebt die Arme zum Himmel, ohne sich noch einmal umzudrehen.

Die Stute reibt ihren Kopf an meinem Ärmel. »Das ist zumindest ein Anfang. Wir schaffen das schon, mein Mädchen«, wispere ich ihr zu.

Wenn ich nur wüsste, wie. Unser langes Islandwochenende ist beinahe um.

Theres kommt mit verwirrtem Gesichtsausdruck zurück, schnappt sich Moms Pferd am Halfter und will auch mir den Führstrick abnehmen. »Darf ich Ljósadís selbst zurückbringen?«, bitte ich und erwarte beinahe, dass sie mich abblockt wie beim letzten Mal.

Aber sie lässt mich gewähren. »Ja eh«, sagt sie abwesend. Dann schaut sie mich an. »Aber diesmal geb ich Obacht, dass du wieder mit mir reinkommst.«

»Gebongt.« Sie erwidert mein Grinsen.

Ich sehe kurz zu Mom, die mir ihren erhobenen Daumen präsentiert. »Ich bestelle uns schon mal einen großen Tee!«

Automatisch steuere ich den Pferch an, in dem ich Ljósadís vor Beginn unserer Tour gesehen habe. Aber Theres lenkt mich um. »Naa. Sie soll wieder zu die andern. Er wülls noch mal probiern mit ihr, und i' soll mit ihr orbeit'n. Waast du, warum?«

Ich setze mein Nikolaus-Unschuldsstrahlen auf. »Keine Ahnung«, behaupte ich und hoffe, dass mir das Glück nicht zu deutlich aus allen Poren bricht. »Freut mich aber sehr ... für euch beide! Ich glaube, sie braucht einfach nur jemanden, der viel Geduld mit ihr hat und einfühlsam ist.«

Als wir die große Koppel erreichen, kommt uns Sigrún entgegen. Sie wirft mir einen ziemlich bösen Blick zu. Wenn sie so einen über den Fluss losgelassen hat, ist mir alles klar. »Wie geht's Álfatrú?«, frage ich unerschrocken.

»Wird's überleben«, zischt sie und marschiert unbeirrt weiter.

»Der Kleine hat sich im Gedrängel verletzt bei unserem Ausritt«, erkläre ich Theres. »Ich vermute, dass er nicht richtig sehen kann.«

»Ja. Eh.« Sie sieht mich verwundert an und macht sich am ziemlich fest sitzenden Riegel des Koppeltores zu schaffen. »Der Klaane is schneeblind. Des waaß doch a jeder da.« Mit hochrotem Kopf richtet sie sich wieder auf und öffnet die Verriegelung.

In meinem Kopf fügt sich ein weiteres Puzzleteilchen ein. »Ich schätze, Sigrún kann mich nicht besonders gut leiden.«

Theres kraust die Nase und schwingt das Tor auf. Wir lösen Halfter und Stricke und geben den Weg frei. Die Pferde stieben davon. »Na, willkommen im Club. Die maag niemanden.«

Ich bleibe einen Augenblick stehen und schaue der kleinen Herde zu, wie sie die Neuankömmlinge aufgeregt begrüßt. Ljósadís trabt mit erhobenem Schweif im Halbkreis auf die anderen zu und keilt in die Luft, als ein junger Schecke sie zu aufdringlich beschnuppern will. »Daas is neu«, kommentiert Theres. »Sonst lasst sie sich eher unterbuttern von die andern.«

»Vielleicht hat ihr der Ritt ja gutgetan, und sie hat ein bisschen Selbstvertrauen bekommen«, überlege ich laut.

»Möglich«, erwidert Theres und hakt mich unter, damit ich auch wirklich mit zurückkomme.

Bevor wir reingehen, möchte ich unbedingt noch bei Álfatrú vorbeischauen. Theres begleitet mich. Es ist, als ob der verletzte Wallach mit Ljósadís den Platz getauscht hat. Nun steht er in der kleinen Krankenstation. Seine Verletzung ist mit silberfarbenem Wundspray versorgt, und er guckt fröhlich und zufrieden aus der Heuraufe hoch, als er uns kommen hört. Theres gräbt in den Tiefen ihrer Overalltaschen und überlässt mir ein paar Karottenscheiben, die er gierig von meiner Hand nimmt und knurpsend verdrückt.

»Sag mal«, wende ich mich an die nette Österreicherin. »Kennst du zufällig einen isländischen Bauernjungen, etwa so alt wie ich, vielleicht etwas älter? So groß?« Ich halte die Hand etwa einen Kopf über meinen. »Er reitet einen Schimmel, und ich glaube, er hütet Schafe. Zumindest riecht er ein bisschen so … also – nach Schafwolle … ähm … angenehm.« Mir wird heiß. Was haspele ich denn hier für Blödsinn?

Theres schüttelt den Kopf und gibt mir noch zwei Leckerlis ab. »Warum?«

»Nur so«, sage ich und zucke mit den Achseln.

»Vülleicht waaß es wer anders. Ich bin eh noch ned so lang daa. Du, ich muss jetzt hinein. In der Küche warten's sicher schon.« Theres lächelt entschuldigend. Also wünsche ich Álfatrú gute Besserung und kraule zum Abschied seine üppige Stirnlocke.

Theres überlegt kurz. »Wannst wüüllst, geb ich dir meine Nummer, na kann ich dir schreib'm, wie's sich mit der Ljósadís entwickelt.« Ich nicke begeistert und ziehe mir die Handschuhe mit den Zähnen aus, um schneller an mein Handy zu kommen.

Das Restaurant ist halb voll. Mom hat für uns einen Tisch am Fenster gebunkert. Zu meinem Erstaunen hat sie ihre Schuhe ausgezogen und sitzt in Wollstrümpfen da. »Mach doch auch«, schlägt sie vor. »Fußbodenheizung! Himmlisch!«

Erst jetzt fällt mir auf, dass im Eingangsbereich Regale für die Reitstiefel und ein großer Korb mit Hausschuhen stehen. Wie peinlich! Mit großen Schritten stake ich zurück, schäle mich außerdem aus den nassen Eissocken und schlüpfe in die warmen Puschen. Herrlich! Glück kann so einfach sein!

Gunnar lehnt am Tresen und klimpert mit einem Löffel an sein Glas. Alle Gespräche im Raum verstummen.

Wie beim letzten Mal richtet er ein paar nette Worte an die ausgehungerte Gästeschar, und schon stürmen die Ersten das Büfett – unsere beiden Mitreiterinnen. Mom und ich wechseln belustigte Blicke. Und dann taucht noch ein bekanntes Gesicht auf: Sophie bringt die Suppe herein. Beinahe hätte ich gewunken, aber so gut kenne ich sie ja nun auch wieder nicht.

Stattdessen mogele ich mich etwas unauffälliger in ihre Nähe, als sie am Büfett das selbst gebackene Brot auffüllt.

»Hey, Sophie«, begrüße ich sie. Verwirrt schaut sie mich an. Dann fällt der Groschen. »Ah. Das Blumenmädchen.«

Ich verkneife mir eine zickige Antwort, auch wenn ich ihr grade liebend gern die blonden Zöpfe lang ziehen würde. »Ja, genau«, lächle ich himbeerbonbonsüß. »Sag mal, du bist doch schon länger hier, oder?« Sophie verschränkt abwartend die Arme vor ihrem leeren Brotkörbchen und mustert mich. »Kann sein. Warum?«

»Kennst du dann zufällig diesen blonden groß gewachsenen Jungen, etwa so alt wie ich und so groß.« Ich zeige wieder eine Kopflänge über meinen. »Er hat Filzstiefel an, Wollsachen und eine bestickte Mütze. Irgendwie ein bisschen altmodisch alles. Ach, und er riecht ein bisschen nach Schaf und reitet einen Schimmel. Manchmal hat er auch mehrere Pferde bei sich.«

Sophie schüttelt den Kopf. Aber ich sehe, wie sie jemanden hinter mir ansieht und schnell wieder wegschaut. »Keine Ahnung, wen du meinst. Von hier ist der sicher nicht.« Sie windet sich unglücklich. »Ich muss jetzt weitermachen.«

Als ich mich umdrehe, pralle ich beinahe in Sigrún.

War ja klar.

»Schmeckt's?«, fragt sie so scheinheilig, als ob sie das Zeug extra für mich vergiftet hätte. Na, immerhin tut sie nicht so, als hätte sie plötzlich Deutsch verlernt.

Ich nicke, schmiere mir zum Beweis gleich noch mal zwei Käsebrote und schlurfe damit zu Mom zurück.

»Euer Bus ist gleich da«, ruft sie mir hinterher. Anscheinend hat sie es eilig, uns loszuwerden. Kröte! Ich hätte dir ganz schön was einbrocken können vorhin!

Ich lasse meinen Blick durch den Raum schweifen. Birta räumt bereits die ersten Gedecke ab. So ein kleiner Betrieb hat doch wirklich Vorteile. Früher oder später sieht man alle wieder.

Ohne mein Zutun winkt Mom Birta zu uns heran. Sigrúns Augen brennen sich in meinen Rücken.

»Danke für den spektakulären Ritt!« Meine Mutter steckt der erstaunten Birta lachend einen deutschen Schokoriegel in die Brusttasche ihres Poloshirts. »Takk fyrir.«

Birta strahlt. Also nutze ich die Gelegenheit und sage wieder mein Sprüchlein auf. »… ach, und er heißt Kári.«

»Nein. Keine Ahnung. So jemanden hab ich hier noch nie gesehen.« Birta klappert mit dem Geschirr und macht sich davon.

»Was ist denn in die gefahren? Komische Nudel«, wundert sich Mom und dreht sich dann feixend zu mir. »Aber jetzt erzähl mir alles von deinem isländischen Verehrer. Bist du deswegen vorhin noch so lange draußen geblieben? Der Blumenkavalier von neulich, oder? Schieß los.«

Ich verdrehe die Augen. »Da gibt's nichts zu erzählen«, schwindele ich und kreuze zwei Finger hinter meinem Rücken. »Ich hab mich nur noch von Álfatrú und Ljósadís verabschiedet.« Mom hebt abwehrend die Hände, aber ihre Augen blitzen vergnügt. »Alles gut. Ich frag nicht nach.«

Das ist auch gut so. Ich kann es selbst kaum glauben, dass sie recht behalten hat, was mich und Pferde angeht. Und ich rechne es ihr hoch an, dass sie es mir nicht aufs Brot schmiert.

Als wir hinausgehen, weil unser kleiner Shuttlebus bereits vorgefahren ist, versuche ich, den Hof und die gesamte Umgebung noch ein letztes Mal mit Röntgenblick abzuscannen. Natürlich ist

Kári weit und breit nicht zu sehen. Nicht, dass ich damit gerechnet hätte, aber …

Mom beobachtet mich. »Wollen wir uns noch einen letzten Ausritt buchen morgen, bevor wir wieder nach Hause fliegen?«, fragt sie. »Dafür müssten wir aber die Golden Circle Tour sausen lassen.« Sie hebt die Hände und spielt eine Waage. »Thingvellir, Gulfoss-Wasserfall und Geysir Strokkur contra Ljósadís und Galdradís.«

Ohne zu zögern, nicke ich. »Klare Entscheidung.«

Strahlend bedeutet sie dem Fahrer, kurz zu warten, und läuft zurück ins Haus. Mein Herz klopft. Am liebsten würde ich noch mal zur Weide runterrennen und es Ljósadís erzählen.

»Auf ein Wort!« Ein fester Griff schraubt sich um mein Handgelenk und bremst mich aus. Sigrún.

»Was willst du?«, frage ich.

Sigrún baut sich vor mir auf wie der Marshmallowmann, dem man seine blaue Mütze geklaut hat. »Halt einfach nur hübsch den Ball flach, meine Liebe. Du bist hier vielleicht Gast. Aber für mich bist du nichts als eine aufgeblasene Touristin, die meint, sie wäre was Besonderes.«

»Aufgeblasen bist doch im Moment nur du«, pampe ich zurück und versuche, ihren Arm abzuschütteln. »Lass mich los. Ich hab dich nicht verpfiffen. Aber das kann ich jederzeit nachholen, wenn ich mitkriege, dass du Ljósadís oder die anderen nicht anständig behandelst.«

Sie starrt mich verblüfft an. Dann bricht sie in schallendes Gelächter aus. »Du drohst mir? Wie niedlich. Aber davon rede ich gar nicht. Spiel dich nicht so auf, Püppchen. Erst die Blumennummer und jetzt das. Kári. Schafgestank. Dass ich nicht lache.«

»Ich verstehe echt nicht, was dein Problem ist. Lass mich in Frieden!«, rufe ich jetzt lauter. »Du tust mir weh.«

»Was ist hier los?« Gunnar kommt über den Hof gelaufen wie ein Wikinger, der sein Schiff noch kriegen muss.

Sie hat angefangen! Nein, sie! Ich sehe Sigrún und mich wie zwei verheulte Sandkastenkinder mit den Fingern aufeinander zeigen. Aber natürlich nur in meiner wilden Fantasie.

»Nichts. Alles gut«, behauptet Sigrún und funkelt mich an.

»Lass sie in Ruhe«, knurrt Gunnar, und sie zieht ab. »Hinten muss noch ausgemistet werden!«, brüllt er ihr hinterher.

Mir zwinkert er zu und schaut mir dabei wieder so tief in die Augen, dass ich das Gefühl habe, sein Blick müsste irgendwo hinter meinem Nacken wieder rauskommen. »Die Gaben suchen sich ihre Menschen aus und nicht umgekehrt«, brummt er leise. »Das zieht Neider auf sich und Menschen, die Angst haben vor dem, was sie nicht kennen.« Er mustert mich noch einmal. »Schätze, meine isländische Tante hatte recht.«

Und das heißt bitte was? Ich starre verständnislos zurück, wie ein Kaninchen auf die Schlange.

»Ah, da bist du ja. Alles geklärt!«, ruft Mom etwas atemlos, wedelt mit einer Quittung und legt mir den Arm um die Schulter. Gunnar tippt sich mit dem Finger grüßend an die Mütze und stiefelt davon. Der Busfahrer hupt, und wir laufen los.

»Worum ging's denn?«, fragt Mom, als wir uns auf unsere Sitze fallen lassen.

Ich hebe die Schultern bis zum Rand meiner Mütze und ziehe meinen Rucksack schützend vor die Brust. »Bahnhof. Ich habe nicht die leiseste Ahnung. Aber diese Sigrún hat ein echtes Problem.«

Mom nickt. Erstaunt drehe ich mich zu ihr. »Das sieht aus, als ob du mehr weißt.«

Sie zuckt mit den Schultern. »Soweit ich es verstanden habe, hat Gunnar ihren Vertrag nach der Probezeit nicht verlängert. Er meint, sie passt nicht zum Hof, weil sie nicht respektvoll mit der Natur umgeht. Nein, warte … er hat es anders ausgedrückt …«

Ich schaue aus dem Fenster und sehe Sigrún nach, die im Gegenwind mit einer vollen Schubkarre über den Hof stapft. Blöde Sache. Aber man lässt seine schlechte Laune trotzdem nicht an den Tieren aus. Das geht gar nicht!

»… nicht mal mit den sichtbaren Naturwesen … das war's. So hat er's gesagt. Süß, oder?« Sie schubst mich mit verschwörerischem Blick an.

»Hä?«, mache ich. »Woher soll ich wissen, ob Gunnar süß ist?«

Mom rollt mit den Augen. »Die sichtbaren und die unsichtbaren Naturwesen … das finde ich klasse. Du nicht?«

Ich schüttele den Kopf. »Nicht schon wieder Elfengeschichten, Mom. Bitte nicht.«

»Du hast sie aus dem Wasser geholt«. Freyjas Kopf war zornrot. Sie hatte ihm mit ihrem Wallach den Weg abgeschnitten und baute sich so vor ihm auf, dass er auch ja nicht an ihnen vorbeikonnte. Kári fror erbärmlich. Zwar wärmte ihn der wollige Rücken seines Pferdes besser als jedes Eisbärenfell, aber der Rest von ihm gefror allmählich zu einem Schneemann.

»Und du hast es nicht getan!«, antwortete er und bemühte sich, ruhig zu bleiben. »Was soll das, Freyja? Sie hätte sterben können.«

»Sie hätte sterben können«, äffte sie ihn nach. »Und wenn schon. Es sind Fremde. Sie gehören nicht hierher. Sie sind nicht wie wir. Sie fallen zu Tausenden in unser schönes Land ein, hinterlassen überall ihre Spuren und machen alles kaputt.«

»Elin nicht.«

»Oh, du kennst ihren Namen!« Sie funkelte ihn an. »Woher willst du das wissen? Was kümmert sie dich?«

Er presste die Kiefer aufeinander. »Lass uns durch.«

Freyja schnaufte, als sie ihnen den Weg freigab. So stellte er sich einen leibhaftigen Drachen vor. Ihm schwirrte der Kopf. Er brauchte jetzt dringend ein heißes Bad.

»Kari?« Seine Mutter schob die alte Holztür auf und trat in den Stall, wo er bei den Schafen saß und an einem kleinen Holzpferd herumschnitzte.

»Ich bin hier«, sagte er und klappte das Messer zusammen.

»Ich habe gehört, du warst unten im Tal und hast ein Mädchen mit ihrem Pferd aus dem Fluss gezogen.«

Immerhin war Freyja mit ihren Neuigkeiten nicht gleich zum Rat gerannt. »Das spricht sich ja schnell herum«, erwiderte er, klappte das Messer wieder auf und schnitzte weiter, damit er Steinunn nicht ansehen musste. Sie ignorierte diese Respektlosigkeit, kam einen Schritt auf ihn zu und fühlte seine Stirn. Unwillig zog er den Kopf weg. »Du hast dir ein Gespräch mit deinem Vater eingehandelt. Aber immerhin kein Fieber.« Sie seufzte. »Du bist ein hohes Risiko eingegangen, Sohn. Ist sie das wert?«

»Die Stute oder das Mädchen?

Steinunn lachte laut auf. »Die Schlagfertigkeit hast du von mir!«

Überrascht sah er sie an.

»Du hast auf dein Herz gehört, und darum bin ich stolz auf dich. Wegen deines Mutes, deiner Unerschrockenheit und Selbstlosigkeit. Weil du wusstest, dass es Ärger geben würde, und trotzdem das Richtige getan hast. Du bist mein Sohn.«

Er erwiderte flüchtig ihr Lächeln. »Du bist meine Mutter. Ich wollte dir keine Schande machen. Es tut mir leid.«

Sie griff ihm unters Kinn. »Entschuldige dich niemals für etwas, das sich hier drin …«, sie stach mit dem Finger leicht in seine Brust, »… richtig anfühlt. Du kannst mit erhobenem Haupt in den Rat gehen und wirst die Konsequenzen zu tragen wissen.« Sie strich ihm liebevoll über die Haare, zögerte einen Moment, als ob sie noch etwas sagen wollte, schwieg aber und nickte ihm nur lächelnd zu. Dann ging sie.

Kári betrachtete nachdenklich das kleine Holzpferd in seiner Hand. Er hatte sich in den Finger geschnitten. Besser, er versorgte die Verletzung, bevor er alles vollblutete.

13. Treibsand

Den späten Nachmittag verbringen wir gemütlich bei Tee und Donuts in der Hotellobby – zwar nicht im Schlafanzug, aber immerhin in Jogginghose, Wollsocken und Hausschuhen.

Mom liest, und ich chatte mit meinen Freundinnen und lasse Dampf ab über die blöde Sigrún.

amy_12: *Aber wie war das Reiten?!*
Ich: *Nass und kalt*
Ich schicke einen Schneemann hinterher.
Malin_Pe_nz: *Gibt bestimmt Muskelkater. Glückwunsch!*
AnNE091: *Das wurde aber auch Zeit!!!*
ra.Ma: *Oh nein – geht das jetzt wieder los? (Affe-hält-sich-die-Augen-zu-Emoji, Augenzwinker-Emoticon, Zunge-rausstreck-Smiley)*

Ich muss grinsen und schicke den gleichen Smiley retour.

Typisch Mara. Früher sind wir oft zusammen geritten. Für einen kurzen Moment ist da wieder dieser Klumpen in meinem Bauch, der mein Herz zu Blei werden lässt. Erinnerungen. Aber ich weiß jetzt, dass Sahara sich über Ljósadís freuen würde. Dass ich mich neu verliebt habe, sozusagen. Mein Herz klopft. *Nur in ein Pferd?*

ra.Ma: *Komm schon. Muss man dir alles aus der Nase ziehen.*
Wie heißt das Pferdchen denn?
Ich: *Ljósadís*
amy_12: *Und bedeutet das irgendwas?*
Ich: *Ja. Lichtfee oder Lichtgöttin (Smiley mit Herzaugen)*
ra.Ma: *(Smiley mit Herzaugen) Hast du ein Bild?*

Ich stutze. Habe ich? »Mom?«

Sie sieht kurz von ihrem Roman auf. »Hmm?«

»Hast du ein Foto von Ljósadís und mir gemacht?«

Sie grinst spitzbübisch und verrenkt sich nach dem Smartphone in ihrer Hosentasche. »Eins? Hunderte! Warte, ich mail dir eins.« Sie wischt und scrollt ein paarmal über ihr Display, flucht, drückt sinnlos darauf herum, wischt wieder – »Hab's gleich!« – und stöhnt schließlich erleichtert auf. »Ich kann das!«

Ich verdrehe die Augen. Mütter und Technik.

Gleich darauf brummt mein Smartphone, und drei Fotos kommen an, die ich sofort in den Chatverlauf stelle. Eins zeigt irgendein megavermummtes, längliches, überwiegend blaues Wesen mit Helm im Schneesturm mit einem eher ovalen Wesen, von dem man auch nicht sehr viel mehr erkennen kann als silbrige Haare, die vom Wind in alle Richtungen gebauscht werden. Das zweite ist schon besser. Da stehe ich mit Ljósadís am Anbindebalken und füttere sie mit dem Apfel. Ich erinnere mich gar nicht, dass Mom mich dabei fotografiert hat. Das dritte zeigt Theres und mich schräg von hinten, als wir durch den Schnee stiefeln und die Pferde auf die Weide bringen.

Wie gut, dass wir Telefonnummern ausgetauscht haben. Da kann ich ihr das Bild auch gleich schicken.

»Und?«, fragt Mom dann. »Hunger?«

Ich nicke.

»Wollen wir das thailändische Restaurant ausprobieren, an dem wir auf dem Weg zum Schwimmbad vorbeigekommen sind? Es ist quasi unser letzter Abend! Morgen habe ich dafür keine Ruhe mehr. Unser Flieger geht ja schon so früh am Morgen.«

Mein Herz schnürt sich zusammen. Nur noch ein Tag? Hat sie sich nicht verrechnet? Leider nicht. Übermorgen kurz vor acht Uhr geht unser Flieger zurück.

Ich schaue aus dem Fenster. Es hat wieder zu schneien begonnen, und der Wind hat auch nicht nachgelassen. Das herrlich warme Kuschelwasser in einem Hot Tub würde mich jetzt mehr reizen. Blöde Periode. Vielleicht kriege ich Mom noch mal nach dem Abschiedsritt überredet. Dann müsste ich damit so weit durch sein.

Mein Magen knurrt, als ob er meine Aufmerksamkeit viel nötiger habe, als mein Unterleib. Also warum nicht thailändisch? Allmählich habe ich mich an das windige Winterwetter hier gewöhnt.

Während Mom unser Gebäck aufs Zimmer schreiben lässt, stöbere ich durch die Prospekte an der Wand. Auf einem sitzen zwei lachende Kinder in einem überdimensionalen Eisenkessel, und hinter ihnen steht eine überlebensgroße Trollfigur. Obwohl – vielleicht sind Trolle ja so riesig? Keine Ahnung. Neugierig nehme ich den Flyer in die Hand und überfliege ihn. Es geht mal wieder um den Elfenglauben und wo man sich als Tourist auf die Fersen des Versteckten Volkes heften kann. In Reykjavik gibt es allen Ernstes eine Elfenschule, in der man freitags nachmittags büffeln kann und am Abend ein Elfendiplom bekommt. Absolut verrückt! Aber auch niedlich. Da muss ich Mom recht geben. In dem Faltblatt sind Fotos von kleinen Häuschen in Vorgärten. So eins habe ich auch zwischen den Felsen vor dem Pferdehof gesehen. Ich dachte, die bunt bemalte Puppenstube wäre Deko oder dass da im Sommer Meerschweinchen ein Gehege haben. Jetzt lese ich, dass es sich um ernst gemeinte Ersatzbehausungen für die Elfen handelt. Die bietet man ihnen an, damit sie umziehen können, wenn die Menschen wegen neuer Straßen oder Umbaumaßnahmen ihr Zuhause zerstören oder versetzen müssen.

Im Text ist von einem Politiker die Rede, der im Jahr 2012 einen 30 Tonnen schweren Stein auf einen LKW laden und per Schiff zu sich nach Hause auf die Westmännerinseln bringen ließ. Er war davon überzeugt, dass die darin wohnende Elfengroßfamilie ihm bei einem Autounfall das Leben gerettet hatte, und nun sollte der Felsen wegen einer Verbreiterung der Straße weg. Wow. Nachdenklich reibe ich mir über die Härchen an meinen Unterarmen. Gänsehaut. Aber kichern muss ich trotzdem. Sie haben sogar Fährtickets für die Unsichtbaren gekauft, einen Korb mit Schafwolle mitgeschleppt und ein Töpfchen Honig reingestellt. Als Wegzehrung. Süß.

Und dann bleibe ich an einem Schwarz-Weiß-Foto kleben. Das Gesicht kenne ich. Das ist eindeutig die Frau aus der Buchhandlung mit den silberweißen Zöpfen. Gunnars Tante. Erla Björksdottir … Die hat anscheinend sogar beruflich mit solchen Märchen zu tun. Ach du liebe Zeit. Echt jetzt?

»Elin? Kommst du?«

190

»Jupp.« Ich stecke den Prospekt ein und folge Mom die Treppe hinauf, um unsere Jacken aus dem Zimmer zu holen. Hauptsache, meine Stiefel sind inzwischen trocken. Ich hatte sie vorhin ins Bad gestellt.

»Du willst nicht wirklich in *den* Schuhen raus, oder?«

Ich kräusele die Lippen, als Mom sich zu meinen Wasserleichen unterm Heizkörper bückt. Sie befühlt die nassen Stiefel und sieht mich an. »Gibt's da noch etwas von unserem Ausritt, das ich wissen sollte?«

Ich lache verlegen. »Denke nicht.«

»Hier.« Sie wirft mir ihre gefütterten Stiefeletten zu. »Nimm die. Wir stopfen dir Socken vorne rein, dann geht das schon.«

Na bravo, denke ich. Aber als der Sturm eine Ladung Schnee gegen die Panoramafensterscheibe klatscht, finde ich die Idee gar nicht mehr so verkehrt.

Der Thailänder ist der Hammer. Total stylish eingerichtet. Mit in Neonfarben bemalten Holzstühlen als Wanddeko, auf denen Blumentöpfe stehen. Der Kellner ist höchstens drei Jahre älter als ich, hat Sommersprossen und schielt mich immer wieder grinsend an, während er für uns die Getränke vorbereitet. Ich vergrabe mich hinter meiner Speisekarte und linse ab und zu zurück. Flirtfaktor Käsekuchen!, wie Amy sagen würde. Aber für sie sind alle Jungs Käsekuchen, die keine Pickel haben und zurücklächeln. Ich stürze mich erst mal aufs Essen. Die Portionen sind gigantisch, und wenn ich so auf die besetzten Nebentische gucke, extragroß. Entweder wir sehen so verhungert aus oder der Käsekuchentyp mag mich. Oder beides. Tut jedenfalls gut und macht ein warmes Gefühl in der Magengegend. Auch beides. Hö, hö.

Außerdem habe ich wirklich einen Bärenhunger. Nur leider fallen mir gleichzeitig schon fast die Augen zu. Frischluftkoller – diese isländische Winterluft schafft mich jeden Tag mehr. Und ich spüre, wie an den Innenseiten meiner Oberschenkel ein altvertrauter Schmerz aufkeimt. Morgen werde ich mich bewegen wie ein Cowboy, der zehn Tage nonstop im Sattel gesessen hat. Und ich werde es genießen. So.

»Anything else?«, fragt der sommersprossige Käsekuchen. Ich sollte ihn unauffällig für Amy fotografieren. Vielleicht kommt sie dann nächstes Mal mit! Nächstes Mal? Keine schlechte Idee … Stopp: Ball flach halten, Elin! Vielleicht siehst du den Kerl nie wieder. Aber das glaube ich nicht. Ich freue mich auf den Ausritt morgen. Nicht nur wegen Ljósadís. Ach herrje: Ich glaube, ich bin ein kleines bisschen verknallt.

Mom lächelt den Kellner an. Flirtet sie etwa? Na, da habe ich ja Glück, dass sie Kári noch nicht gesehen hat. Ich trete meine Mutter unauffällig unterm Tisch.

»Au! …« Sie räuspert sich. »No, thank you. Können wir zahlen?«

Der Käsekuchen zwinkert mir zu. Aber jetzt ist Kári in meinem Kopf. Mit Wiesenkräutern im Winter, mit meinem Halstuch, mit seinem Kuss auf meinem Handrücken. Irgendwo unter den Bergen von Bratnudeln mit Kokossoße und Gemüse kribbelt es in meinem Magen. Heftig. Und jetzt?

»Ein isländischer Pferdejunge hat dir den Kopf verdreht?«, kreischt Amy begeistert. Am anderen Ende der Leitung ist Deutschland.

»Nicht so laut!«, mahne ich im Flüsterton. Ich habe mich im Badezimmer eingeschlossen, damit Mom nichts mitkriegt. Wenn ich das alles tippen soll, was mir im Kopf rumgeht, werde ich ja bekloppt. Ich muss jetzt mit jemandem reden. Betonung auf *jetzt* und *reden*. Vorsichtig klemme ich mein Ohr an die Tür. Auf der anderen Seite ist alles ruhig. Der Fernseher läuft. Irgendwas Lustiges. Mom lacht leise.

»Na ja«, sage ich. »Ich weiß gar nicht so genau, ob es der Junge ist oder das Pferd … aber irgendwie ist das was … Besonderes.«

»Und ich sag noch … das Nordlicht ist maaaagisch!« Ich kann Amys breites Grinsen bis ins Industriegebiet von Hafnarfjörður sehen.

»Ja. Da ist vielleicht was dran«, seufze ich, auch wenn das romantischer Humbug ist und mir bei meinem Problem nicht wirklich weiterhilft. »Was mach ich denn jetzt?«

»Na nix.«

»Was?« Jetzt bin ich diejenige, die laut geworden ist. Ich halte die Luft an, aber Mom gluckst weiter über irgendeine englische Comedy.

»Ganz ruhig, Brauner«, giggelt Amy. »Bislang hat er dich doch auch immer gefunden, oder?«

Ich nicke, auch wenn sie das nicht sehen kann, und knibbele nervös an einem Faden herum, der von meinem Waschlappen herunterhängt.

»Es ist gar nicht so, wie du denkst«, stammele ich hilflos und breche wieder ab. Wie soll ich auch erklären, dass ich mich von einem Typen angezogen fühle, der mich bei unserer ersten Begegnung angebrüllt hat, der ein geradezu panisches Talent hat, sich in Luft aufzulösen, sobald jemand kommt, und von dessen Sprache ich grade mal zwei Worte kann?

»Takk fyrir«, brabbele ich laut und irgendwie auch passend.

»Hä?«, macht Amy und blubbert in ihrer deutschen Badewanne herum, in der ich sie bei meinem Anruf grade erwischt habe.

»… er kennt sich einfach super mit Pferden aus. Wir haben eine Wellenlänge, glaub ich. Und er hat mich mit Ljósadís zusammen aus dem Fluss gezogen. Er ist da einfach reingesprungen!« Mir zittern immer noch die Knie, wenn ich daran denke.

Gleich ist der Faden an dem Waschlappen ab. Schluss mit dem Geknibbel. Ich seufze und versuche, mich dabei zu sammeln. »Also … ich glaube einfach, er könnte mir bestimmt super mit Ljósadís helfen. Also … ihr helfen, wenn ich nicht da bin. Also, nachdem wir abgereist sind. Ich meine … das wäre doch super, oder? Für Ljósadís.«

Amy schweigt. Einen Moment lang höre ich nur Geplätscher.

»Klar«, sagt sie. Aber es klingt komisch. So wie Amy immer klingt, wenn sie mit irgendwas nicht zufrieden ist. Oder mit irgendwem. Mit mir zum Beispiel. Weil ich auf der Leitung stehe.

»Was?«, frage ich.

»Wie was?«, fragt sie scheinheilig zurück.

»Spuck's schon aus.«

Ich höre das Quietschen der Wanne, als Amy sich ruckartig aufsetzt. »Das ist wieder so typisch für dich. Da ist *einmal* ein echt spezieller Junge, der nicht nur Pickel und Fußball und Schlagzeug im Kopf hat …« Moment mal, geht es hier um mich oder um Thorben aus der 9 b? »… und du denkst an ein Pferd, das dir nicht mal gehört.«

»Und das ist auch besser so«, werfe ich ein, ohne Amys Schwarm zu erwähnen. »Ich will bestimmt kein Pferd am Ende der Welt haben.« Öhm, ich denke doch nicht ernsthaft daran, ein Pferd aus Island zu importieren, oder? »Und Isländer, die man nach Deutschland holt, werden ohnehin meistens depressiv.« Das hab ich mal irgendwo gelesen. Und jetzt, wo ich dieses Land hier kennengelernt habe, kann ich das auch verstehen. Das mit dem Heimweh. Selbst wenn ich erst seit drei Tagen hier bin. Seit drei Tagen erst? Unglaublich. Es kommt mir viel länger vor. Es ist …

»Magisch.«

»Was jetzt genau? Mir fehlt grade der Mittelteil.«

»Nicht wichtig«, behaupte ich. Einfach alles!, denke ich. Wo soll ich da anfangen? Erst fand ich alles blöd, das stimmt. Wegen Mom hauptsächlich. Weil sie mich hierhergeschleift hat. In die Kälte. Auf den Reiterhof. Gegen meinen Willen. Ich wollte nie wieder was mit Pferden zu tun haben. Ich hasse Kälte! Aber jetzt finde ich sie großartig! Isländer sind großartig! Ljósadís ist großartig! Mom ist großartig! Kári ist … magisch. Einfach alles hier ist magisch. Mein Bauch flattert. Ich muss Mom fragen, ob wir wiederkommen können. Jetzt gleich. Ich muss sie das gleich fragen. »Amy, ich muss auflegen.«

»Was? Aber —«

»Sorry. Hab dich lieb! Wir sehen uns.« Ich stehe auf, was ganz schön mühsam ist, wenn man mit dem beginnenden Muskelkater seines Lebens Ewigkeiten auf dem Boden gekauert hat, schließe die Tür auf und humpele zum Doppelbett in unserem Zimmer zurück.

Mom ist bei laufendem Fernseher eingeschlafen.

»Mom«, flüstere ich.

Keine Reaktion.

»Mom!«, versuche ich es lauter.

»Mhhhhm«, knört es ungnädig aus dem Kissenberg.

»Mom, wir müssen ganz dringend und ganz bald wiederkommen. Versprochen?«

»Mhhhhmmm«, brummt meine Mom. »Wir sind doch noch gar nicht weg.«

Ich nehme das mal als Ja, schalte den Fernseher aus und drehe mich zu unserem Panoramafenster um. Der Sturm hat sich gelegt, und ich kann die Sterne zwischen ein paar letzten dahinhuschenden Wolken sehen. Ich gehe näher ans Fenster heran und lasse mich vom Nachthimmel hypnotisieren.

Keine Ahnung, wie lange ich da stehe. Irgendwas ist anders als sonst. Dann fällt es mir auf. Die Straßenlaternen sind aus. Vielleicht hat der Sturm etwas damit zu tun. Aber auf einmal sind sie da. Tanzende Nordlichter. Grün und rosa, flirrend und hell. Magisch. Wirklich magisch. Ganz ohne labernden Kapitän, ohne Frieren und ohne schwankendes Dieselschiff.

»Mom«, flüstere ich, ohne den Blick abwenden zu können. »Mom, wach auf! Nordlicht! Genau hier, über uns!«

Hinter mir raschelt Bettwäsche. Dann spüre ich Moms Arm um meine Schulter. Ihr Haar an meinem Ohr. »Na? Hab ich dir zu viel versprochen?«

Ich schüttele andächtig den Kopf.

In der Nacht habe ich wirre Träume von Kári und Ljósadís und dem Fohlen Ljóri. Auch Álfatrú spielt eine Rolle. Aber am nächsten Morgen bekomme ich die Einzelheiten überhaupt nicht mehr zusammen. Ich wache verschwitzt und völlig zerschlagen auf, und jeder Muskel tut mir weh, als ob ich die ganze Nacht durchgeritten wäre, und nicht nur zwei Stunden am Vormittag.

Mom sitzt mit hochgezogenen Knien am Fenster und brütet über Prospekten. Gegen die Scheiben klatscht – Regen. Ich fasse es nicht. Wo ist das schöne Wetter hin?

»Guten Morgen, Liebes!«, begrüßt sie mich. »Scheint, als würde es heute nix mit Reiten. Gunnar hat angerufen. Bei der Wetterprognose gehen sie nicht raus, zu glatt. Tut mir so leid. Und für die Golden Circle Tour ist es jetzt zu spät. Die hatte ich ja abgesagt, und sie brechen immer schon ganz frühmorgens auf.«

Ich sinke zurück in die Kissen. Ist das typisch für mich? Da gebe ich meinen Widerstand gegen Ponys und Reiten und Island auf und dann das? Ich fasse es nicht! Will das Schicksal mich verarschen? Oder der Wettergott? Habe ich isländische Elfen und Trolle erzürnt? Oder alle zusammen?

»Das ist gemein«, platze ich heraus und möchte noch mal drei Jahre alt sein und alles zusammenplärren. Ich fühle mich um einen weiteren Abschied betrogen.

»Hundsgemein«, bestätigt Mom. Aber damit sind wir nur zwei gegen den Rest der Welt. »Frühstück?«

Ich nicke. Am liebsten würde ich wie die Japaner einfach im Schlafanzug die Treppen hinunterschlurfen und mich danach wieder im Bett verkriechen.

Um zu schmollen.

Oder zu sterben.

Oder beides.

Es tut weh.

Ich wusste es.

Besser, ich hätte mein Herz nie wieder aufgemacht.

Kári sah von der Anhöhe ins Tal hinab. Ljósadís stand mit den anderen Stuten zusammen um einen Ballen Heu und fraß. Ein Mädchen mit federndem Gang hatte das Raufutter gebracht und war einen Moment bei den Pferden geblieben. Sie hatte Ljósadís gestreichelt, und die Stute war nicht gewichen oder hatte die Ohren angelegt, wie sie das bei einigen der anderen tat. Ein gutes Zeichen, hoffte Kári.

Er war noch immer halb in seinem Traum gefangen. Schon den ganzen Tag tat er sich schwer, sich davon zu befreien und mit voller Aufmerksamkeit bei seiner Arbeit zu bleiben. Es hatte sich so erschreckend real angefühlt. Wie einer von diesen Wahrträumen, die seine Großmutter manchmal heimgesucht hatten. Aber das konnte nicht sein, denn Vergangenes und Gegenwart hatten sich vermischt. Er war wieder in den Bergen gewesen. Damals, als das Fohlen von Ljósadís abgestürzt war. Doch diesmal sorgte Freyja dafür, dass er Mutter und Kind nicht zusammenbringen konnte.

Warum Freyja? Sie sah so zornig aus, noch zorniger als an dem Tag, als sie ihn davon abhalten wollte, Elin zu helfen. Sie hatte die Nebel gerufen und ihn dahinter in eine Höhle verbannt, vor der schwarzer Sand lag. Und er sah Elin. Elin, die versuchte, zu ihm zu gelangen, und dabei in gefährlichen Treibsand geriet. Er musste alles mit anse-

198

hen. Er konnte nicht eingreifen, sosehr er sich auch mühte, die Fesseln
zu durchschneiden.

Álfatrú, treuer kleiner Álfatrú, er tat sein Bestes. Er brachte Hilfe, aber
Freyja hatte Zauberkräfte in seinem Traum, die sehr mächtig schienen.
Er wusste nicht, wieso, aber er wusste, dass Elin in großer Gefahr
schwebte. Etwas zog das Mädchen in die Höhle, aber er spürte, wenn
sie zu ihm hineinkäme, brächte ihr das Verderben.

Am meisten machte ihm Angst, dass er den Traum nicht zu deuten
wusste. Es war alles so klar, so wirklich, er fühlte die Angst, den Schmerz,
die Ohnmacht. Schweiß stand ihm auf der Stirn, wenn er nur daran
dachte – aber er wusste nicht, was es ihm sagen wollte. Wie damit umgehen? War es wirklich besser, wenn er sich von ihr fernhielt? Freyjas
triumphierender Blick in seinem Traum ließ ihn schaudern. Aber warum
sollte sie Elin bedrohen? Spielte ihm sein Unterbewusstsein einen Streich?
Hatten die Mahnungen der Ältesten ihn so beeindruckt? Und Freyjas
Ausbrüche? Kári fühlte nach dem Holzpferdchen in seiner Jackentasche.
Es brachte ihn in die Gegenwart zurück. Und er fasste einen Entschluss.
Seine Mutter hatte recht. Er musste auf sein Herz hören. Er stieg auf
seine Stute und ritt hinauf zu Jorúnn.

14. Steinmannmagie

Unser letzter Tag in Island fliegt an mir vorbei, als ob ich gar nicht richtig da wäre. Mom überredet mich, wenigstens noch einmal mit ins Schwimmbad zu kommen. Unsere Sachen sind zu drei Vierteln fertig gepackt. Eine große Hilfe war ich dabei sicher nicht. Die Dinger stehen offen auf dem Fußboden unseres Hotelzimmers herum, mitten im Weg, und ich stoße mir den großen Zeh, als ich aus dem Bad komme. Jetzt habe ich wenigstens einen Grund, mich jammernd und heulend unter die Bettdecke zu verkriechen.

Wir brauchen eine halbe Stunde für die zweihundert Meter zum Schwimmbad, weil wir ständig ausrutschen und uns aneinander festklammern müssen, um nicht hinzufallen. Dabei gehen – beziehungsweise schlittern – wir schon extra quer durchs Gewerbegebiet.

Vorbei an dem Supermarkt, in dem Tag und Nacht das Licht brennt, egal, ob er geöffnet oder geschlossen ist, und wo die gläserne Schiebtür so schief in den Angeln hängt, dass man sich auch außerhalb der Öffnungszeiten locker bedienen könnte.

Vorbei an dem leckeren Thai-Restaurant, das um diese Tageszeit dunkel und verlassen daliegt. Vorbei an zwei gigantischen Baugruben, aus deren Tiefe uns riesige Felsbrocken aus erstarrter Lavamasse anglotzen. »Die möchte ich ja nicht als Deko im Keller haben«, raune ich.

Mom lächelt hintergründig. »Wenn ich das richtig verstanden habe, wird's hier für Menschen auch keinen Keller geben. Der

Hotelmanager hat mir erzählt, dass irgendein ausländischer Investor hier was Größeres bauen wollte. Noch ein Hotel oder so. Aber bei den Schachtarbeiten sind regelmäßig die Bagger kaputt gegangen. Daraufhin waren die isländischen Bauarbeiter davon überzeugt, dass hier Elfen oder Zwerge wohnen, die etwas dagegen haben, dass ihr Vorgarten umgegraben wird. Der Investor hat zähneknirschend nachgegeben. Also haben sie es an der Stelle dahinten versucht. Gleiches Spiel. … Warte! … Whooooohoooooooo.« Mom schlittert über eine Eispfütze und rudert gefährlich mit den Armen, bis sie sich scheppernd an einem Bauzaun abfangen kann. Sie rückt ihre Wollmütze und unseren Rucksack mit den Badesachen zurecht und fährt fort, während sie vorsichtig weiterbalanciert. »Seitdem liegen die Baugruben brach. Der Besitzer von unserem Hotel hat das Areal gekauft, damit das auch so bleibt und die Elfen dort wohnen bleiben können.«

Kopfschüttelnd rutsche ich weiter zur nächsten Laterne, an die ich mich klammern kann. Ich komme mir ein bisschen vor wie der Spielball beim Flipper im Jugendcafé bei uns im Dorf.

»Cleverer Schachzug«, schätze ich und grinse verhalten. »So hält man sich die Konkurrenz vom Leib.«

Dann endlich trennen uns nur noch ein paar glitschige Stufen von unserer nassen Belohnung, und jetzt, wo es nicht mehr nötig ist, rücken aus allen Richtungen Streufahrzeuge an.

Selbst das warme Wasser in den Hot Tubs bringt mich nur kurzfristig auf andere Gedanken. Entweder ich sehe Kári auf seinem Schimmel vor mir oder Ljósadís – oder beide.

In jedem vierten Badegast entdecke ich plötzlich einen blond gelockten Schafhirten. Bis ich genauer hinschaue und es wieder jemand Wildfremdes ist. Und auch die Herde Wildpferde am Horizont entpuppt sich als Buschwerk und Felsen. Ich habe jetzt schon Sehnsucht nach Island, und dabei sind wir noch nicht mal fort.

»Mom?« Ich stupse mit einem Finger gegen unsere Handtücher, die steifgefroren am Geländer vorm Warmwasserbecken hängen, und tauche schnell wieder mit dem Arm ins heiße Wasser zurück.

»Was?« Sie hält die Augen geschlossen.

»Wann kommen wir wieder?«

»So schnell es geht, schätze ich?« Sie linst mich träge von der Seite an. Ein Lächeln umspielt ihre Mundwinkel.

»Korrekte Antwort«, erwidere ich und lasse mich bis zur Oberlippe ins heiße Wasser sinken. Über uns steht eine dichte Dampfglocke. Und überhaupt: Bei dem Wetter kann der Flieger vielleicht gar nicht starten morgen. Oder wir bleiben sowieso gleich für immer. Schulen gibt's ja hier auch.

Ich tauche noch mal etwas auf und wische mir eine nasse Haarsträhne aus dem Gesicht. »Du könntest den Leiter dieser Elfenschule heiraten«, schlage ich vor.

»Ich kenn den doch gar nicht?« Mom lacht lauthals. Aber wir sind eh die Einzigen hier draußen.

»Alle Isländer sind nett«, gebe ich zurück.

»Auf einmal?«

»Das waren sie schon immer. Ich wusste es nur nicht«, gebe ich zu.

»Und wenn er schon verheiratet ist?«, schmunzelt Mom.

»Dann nimm Gunnar.«

»Alles klar. Aber der ist doch Schwede?!«

»Egal. Das zählt auch.« Ich atme tief durch und inhaliere den schwefeligen Dampf. Jetzt, wo wir das geklärt haben, geht's mir schon gleich etwas besser.

Appetit habe ich aber trotzdem nicht so richtig, als wir abends im Hotelrestaurant sitzen. Abschiedsessen. Wir bekommen ein Getränk aufs Haus, und der nette Kellner entschuldigt sich glatt bei uns fürs Wetter. So einen kalten Winter habe er schon seit Jahren nicht mehr erlebt. Normalerweise sind im Januar grade mal minus zwei oder drei Grad, sagt er.

Ich nicke mundfaul und bekomme immerhin ein schiefes Lächeln hin.

»Sag mal, wirst du krank?« Mom beugt sich über den Tisch und fühlt meine Stirn.

»Wieso?«, frage ich schläfrig und schiebe meinen Teller von mir.

»Weil du ganz heiß bist und deine Augen glänzen.«

»Mir geht's gut. Ich bin nur ein bisschen müde.«

»Hmm.« Mom mustert mich skeptisch. »Spielen wir dann nach dem Essen noch eine Runde Canasta?«

»Klar«, verkünde ich siegessicher krächzend und räuspere mich schnell. Aber kaum sind wir oben, reicht meine Energie grade noch fürs Zähneputzen und Schlafanzuganziehen. Mom wirft in der Zwischenzeit den zimmereigenen Wasserkocher an und bröselt mir ein paar Kräuter aus Káris Sträußchen in eine Tasse. Im ersten Moment bin ich sauer auf sie, weil es jetzt deutlich kleiner ist. Das wollte ich mir doch trocknen und mitnehmen! Aber sie hat behutsam gezupft, und meine Dankbarkeit überwiegt. Der heiße

Tee tut gut und wirkt sofort. Zack, bin ich weg und mitten in einem wirren Traumland gestrandet. Ich stehe mit Ljósadís an einem Strand. Der Schnee ist fort. Der Sand ist schwarz wie zerriebene Kohle. Um uns herum zerklüftete Lavabrocken und Felsen. Und ganz oben steht ein einsames Fohlen und schreit. Ich weiß nicht, warum, aber wir müssen weg von hier. Doch Ljósadís hat ihre Beine fest in den Boden gerammt und weigert sich, auch nur einen Zentimeter vorwärtszugehen. Eine Nebelwand schiebt sich von den Felsen her unaufhörlich auf uns zu. Ich kann nichts darin erkennen, aber ich weiß, dass davon eine Gefahr ausgeht. Ich ziehe und zerre an ihren Zügeln, versuche es mit Schieben von hinten. Aber nichts geht. Sie steht wie festgemauert. Warum vertraut sie mir nicht? Und dann erkenne ich den Grund.

Sie sinkt ein.

Wir beide sinken ein.

Ich kann meine Beine kaum noch aus dem saugenden schwarzen Quarz befreien. Ich schreie um Hilfe und wache davon auf. Mein Puls rast mit meiner Atmung um die Wette. Mein Schlafanzug ist klitschnass geschwitzt. Mein Hals schmerzt und fühlt sich geschwollen an, als hätte ich tatsächlich um unser Leben gebrüllt.

Mom liegt seelenruhig neben mir im Bett und schnorchelt leise vor sich hin.

Mein Handy zeigt kurz nach halb vier. Draußen glitzert die Straßenbeleuchtung in warmem Gelborange über dem nächtlichen Grau der schlafenden Insel.

Ich quäle mich aus dem Bett, ziehe einen Schal aus unserem Reisegepäck und wickle ihn mir um den Hals. Dann schleppe ich mich ins Bad und nehme meine Zahnbürste und die Cremetube aus dem Glas, damit ich daraus trinken kann. Ich leere zwei Gläser himmlisch kaltes Leitungswasser und kühle meine Stirn mit dem Becher. Besser.

Ganz im Gegenteil zu meinem nächsten Traum:

Wieder bin ich mit Ljósadís an diesem tiefschwarzen Strand im Treibsand gefangen. Die Stute kämpft und wiehert schrill. Es schmerzt in meinen Ohren, und mir laufen heiße Tränen übers Gesicht, weil ich nichts tun kann. Ich rufe um Hilfe, bis mein Hals so sehr schmerzt, dass ich nur noch heiser krächzen kann.

Auf einmal kommt die alte Frau aus der Buchhandlung aus dem nebligen Nichts auf uns zu. Sie ist barfuß, hat Blumen im Haar und nur eine Art Nachthemd an.

Ich will sie vor dem Treibsand warnen, damit sie bloß nicht näher kommt. Aber sie lächelt, obwohl ihr Blick sehr besorgt ist. Kurz vor der Gefahrenzone bleibt sie stehen und wirft mir ihren Blütenkranz zu. Es gelingt mir, ihn aufzufangen, und mit einem Mal haben wir wieder halbwegs festen Boden unter den Füßen. Ich fasse neuen Mut. Wir kämpfen weiter. Ich werde nicht aufgeben. Ich lasse dieses Pferd nicht im Stich. Jetzt erst recht! Und es gelingt mir tatsächlich, Ljósadís aus dem trügerischen Morast zu befreien.

Der Nebel lichtet sich gerade so weit, dass ich noch eine weitere Gestalt erkennen kann. Sie steht vor einem Höhleneingang und winkt uns zu. Ist das Kári? Aber warum habe ich dann so ein beklommenes Gefühl, als ob mir etwas den Brustkorb zudrückt? Und warum weicht Ljósadís zurück? Ich bekomme kaum noch Luft. Etwas schnürt mir massiv die Kehle zu … und das ist doch auch gar nicht seine Stimme? Jemand starrt mich an. Das Herz schlägt mir bis zum Hals. Mein Schädel dröhnt. Ich sehe nur Augen. Dann sind sie weg, und ich bekomme wieder Luft.

»Elin?!« Elin, wach auf!« Ich schrecke hoch und rassele beinahe mit Mom zusammen, die dicht über mich gebeugt ist.

»Zeit, aufzustehen«, erklärt sie. »Und willst du dich erwürgen mit deinem Schal? Das wäre schade, dein Flugticket bekomme ich nicht rückerstattet.« Ich glotze sie begriffsstutzig an und merke erst jetzt, dass ich mir das Ende des Schals im Schlaf ums Handgelenk geknotet habe, wodurch es sich um meinen Hals ganz schön zugezogen hat. Kein Wunder, dass sich das so eng anfühlt.

Mom steckt mir eine Haarsträhne hinters Ohr, wie früher als Kind. »Na? Zeit nach Hause zu fahren, oder? Soll ich dir noch einen Tee machen?« Ich nicke erschöpft, lockere den verflixten Schal und rappele mich hoch. Irgendwie habe ich Druck auf den Ohren. Aber ich möchte nicht wissen, wie es mir ohne Káris Kräuter ginge.

Beim Frühstück fühle ich mich ein bisschen besser. Aber immer noch angeschlagen und vor allem verwirrt. Beinahe kippe ich mir den Orangensaft ins Müsli.

Was sind das denn für bescheuerte Träume? Und überhaupt: Scheiß-Abschiedsstimmung mit Halsweh und Muskelschmerzen.

Mom bezahlt am Tresen unsere Rechnung. Kurz liebäugele ich mit einem letzten von den superleckeren Donuts für die Fahrt, aber Schlucken tut weh, und mein Geschmackssinn ist auch angekratzt.

Ich sehe mich noch ein letztes Mal um, einmal noch die Stufen hinauf in unser Hotelzimmer, Koffer schnappen, Jacke an und dann wieder runter und auf den Shuttlebus warten.

Denkste! Als wir mit dem Gepäck die Treppe hinunterächzen, steht der Fahrer bereits da. Auf einmal empfinde ich dieses eisige Land gar nicht mehr als so superfreundlich. Anscheinend haben es die Isländer plötzlich sehr eilig, uns loszuwerden.

Der Mann in Wollmütze und Parka verstaut unsere Koffer in einer der riesigen Ladeluken. Wir steigen ein, im vorderen Drittel ist noch ein Zweier frei, ich klettere ans Fenster, auch wenn es noch dunkel ist. Immerhin gibt's hier drin wieder WLAN. Ich lutsche Salmiakpastillen und hoffe auf Linderung. Mein Handy brummt. Mein Schädel auch. Theres hat mir ein kurzes Video von sich und Ljósadís geschickt. Sie winkt uns zum Abschied. Das macht es nicht einfacher für meinen Hals. Jetzt muss er auch noch mit einem derben Kloß kämpfen.

Hinter meiner Stirn braut sich was zusammen. Ich muss niesen, lasse das Handy sinken und starre aus dem Fenster. Draußen dämmert es. *Schnief.*

»Hey, Kleines. Wir kommen wieder, okay?« Mom nimmt mich kurz in den Arm und widmet sich dann übers Smartphone wieder ihren E-Mails. Sie ist also mit dem Kopf auch schon halb wieder zu Hause.

Alles wiederholt sich. Wir kommen an endlosen Schneewüsten vorbei, an Felsformationen, Steinmännchen, einsamen, in Hügeltäler geduckten Hütten und Häuschen. Lange fahren wir parallel zum Meer an der Küstenlinie entlang. Zwei, drei Boote sind da draußen. Weiter entfernt sehe ich einen großen Tanker. Seufzend checke ich meine Kurznachrichten. Zu früh am Tag. Alle schlafen noch. Kein Wunder, Zeitverschiebung und letzter Zeugnisferientag. Wer kämpft sich da schon freiwillig so zeitig aus dem Bett?

Gähnend lasse ich meinen Blick nach draußen schweifen. Meine Lymphknoten schmerzen. Der Himmel färbt sich morgenrot. Ins Nachtblauviolett schieben sich rosafarbene Schichten, alle möglichen Schattierungen von Pink. Vermutlich sieht mein Rachen auch so aus.

Und dann sehe ich aus dem Augenwinkel plötzlich eine Bewegung. Tiere in Bewegung. Am Horizont. Viele Tiere, viel Bewegung.

Erst denke ich, es wären Schafe, die sich vor einem startenden Flugzeug erschreckt haben. Dann erkenne ich, dass es Pferde sind. Sie kommen näher. Eine ganze Gruppe Isländer mit wallenden Mähnen und wehenden Puschelschweifen. Das allein schon lässt mein Herz schneller schlagen.

Doch dann sehe ich, dass der Schimmel an der Spitze einen Reiter trägt. Ohne Sattel und Zaumzeug. Mit einem orange-blauen Schal, der wie eine Fahne hinter ihm her flattert. Mein Herz flattert auch ein bisschen. Okay, es flattert ganz schön.

Denn auch wenn ich es nicht sehen kann, weiß ich, dass da zwei E-Gitarren draufgemalt sind.

Kári.

Ich sehe aufgeregt zu Mom und zupfe sie am Ärmel, bis sie reagiert. »Guck doch mal! Da ist er wieder.«

»Wer?«, fragt meine Mutter träge.

»Na, der Junge, von dem ich dir erzählt habe.« Aufgeregt schiebe ich mein Bonbon im Mund hin und her.

»Oh, etwa dein Kräuterkavalier?«, neckt sie mich, schiebt ihre Lesebrille auf den Scheitel und kneift suchend ihre Augen zusammen. »Wo denn?«

»Na da!«, krächze ich und stutze, noch während ich mich wieder zum Fenster drehe. Da wird doch das Einhorn im Kühlschrank verrückt. »Also eben war er noch dort«, murmele ich beleidigt. Wir starren beide noch eine Weile in die postkartenkitschige Morgendämmerung.

»Na, macht ja nichts«, sagt Mom schließlich und vertieft sich wieder in ihre elektronische Post.

Ich mache ein paar Fotos von der plötzlich wieder total leeren, öden pfefferminzbonbonfarbenen Zuckerwattelandschaft, drücke meine pochende Stirn gegen das kühle Fensterglas und hauche sinnlose Kondenskreise auf die Scheibe, die ich mit dem Finger künstlerisch weiterbearbeite.

Und dann ist er wieder da.

Wahnsinn! Wie macht er das? Wie spürt er mich immer wieder auf?

Sieben, acht Pferde tölten auf dem Küstenstreifen hinterm Zaun direkt neben der Fahrbahn her. Sie sind so nah, dass ich ihre Muskeln arbeiten sehen kann unter dem dichten Winterpelz. Kári mit wehenden Locken und orange-blauer Gitarrenfahne, die irgendwie schrill aussieht zu der dicken braunen Strickjacke, aus der sein weißes Hemd herausschaut. Ganz dicht ist er jetzt, und ich erkenne, dass er immer wieder in unseren Bus schaut. Sucht er tatsächlich mich? Ein schneller Blick zu meiner Mutter. Sie ist noch mal weggeratzt. Typisch! Soll ich sie wecken? Keine Zeit! Ich will nichts verpassen von dem grandiosen Schauspiel da draußen. Und vor allem muss ich mich bemerkbar machen!

Káris schmale Gestalt verschwindet fast in der üppigen Mähne und dem eisbärigen Fell seines Schimmels.

Ich fuchtele und winke ungestüm, und mein Handy fällt in den Fußraum. Hebe ich später auf. Eine ältere Dame dreht sich ungehalten zu mir um und folgt meinem Blick nach draußen. »Oh, look at those beautiful horses«, wendet sie sich dann an ihren Mann. »All by themselves.« Ich verdrehe die Augen. Vielleicht hätte sie die Brille besser aufgesetzt, statt sie als Deko um den Hals zu tragen. Da ist doch mein Kári! Mein Herz hämmert mir bis zum Hals, und ich beiße mir verlegen auf die Unterlippe, weil ich »*mein*« Kári gedacht habe.

Nach und nach werden auch die anderen Fahrgäste auf unsere ungewöhnliche Eskorte aufmerksam. Es ist mir fast schon peinlich, als sich der halbe Bus schließlich auf unserer Seite über die Sitze hängt und fotografiert. »Was machen die Pferde denn hier?« »Sind die auf der Flucht?« »Sind das echte Wildpferde?« »Mama, wieso winkt das Mädchen den Ponys?«

Nerv!

Ich höre auf, mir die Arme auszurenken, und beschränke mich wieder darauf, mein Gesicht und die Handflächen gegen die Fensterscheibe zu pressen. Was die anderen Reisegäste sagen, geht an mir vorbei wie Radiogedudel im Hintergrund.

Kári hat mich entdeckt. Er hat bemerkt, dass ich ihn sehe. Das reicht ihm anscheinend. Jedenfalls hat er kurz gelächelt. Glaube ich. Jetzt konzentriert er sich wieder auf sein Pferd. Sie galoppieren an.

Káris Schimmel fällt erst zurück, als wir das Flughafengelände erreichen und die Zäune ihm den direkten Weg abschneiden.

Ich glühe. Innerlich wie äußerlich.

»Was war denn los? Oh. Wir sind ja schon da.« Mom gähnt.

Mein Hals brennt. »Da waren ganz viele Pferde! Und da saß jemand drauf«, erklärt das kleine Mädchen schneller als ich und starrt Mom mit großen Augen an, weil die sich eben ihre pinkfarbene Riesensonnenbrille aufsetzt. Die hat sie beim Packen wiedergefunden. »Na, so was! Großartig!« Mom lächelt sich übergangslos in ein weiteres ausgiebiges Gähnen. Das kleine Mädchen dreht sich ganz schnell wieder zu seinen Eltern um. Sieht wohl gefährlich aus, Moms aufgesperrter Rachen in Kombination mit rosa Brillengläsern.

Der Bus fährt bereits auf den Parkstreifen. Ich raffe meine Habseligkeiten an mich und stopfe sie in den Rucksack, so schnell es mein Brummschädel zulässt. Aber meine Mutter lässt gelassen zuerst das ältere Pärchen an uns vorbei und dann auch noch die Familie mit den beiden kleinen Kindern. Danach schiebt sich uneingeladen auch noch ein Anzugtyp durch den Mittelgang und blockiert den Weg. »Mom, können wir jetzt auch mal losgehen, bitte?«, drängle ich und niese zur Bekräftigung.

»So eilig auf einmal?«

Ich nicke. Endlich sind wir dran. Draußen hat sich eine mächtige Schlange um die Ladeluken gebildet. Ich sehe mich nervös in alle Richtungen um. Wo ist Kári denn jetzt? Oder habe ich mir das nur eingebildet? Dass er mich gesucht hat?

Und warum dauert das überhaupt *alles* so lange hier?

»Mom? Ich muss noch mal weg. Ich bin gleich zurück. Okay? Treffen wir uns drin?«

Meine Mutter sieht mich stirnrunzelnd an und schaut zwischen der Kofferschlange, ihrer Armbanduhr und mir hin und her. »Okay«, sagt sie schließlich. »Zehn Minuten und keine einzige länger. Ich warte mit dem Gepäck gleich am Eingang. Nimm dein

Handy mit.« Sie schiebt sich die rosa Brille die Stirn hinauf und zwinkert mir zu. »Na los. Geh schon, bevor ich's mir anders überlege.« Dann hechtet sie urplötzlich zischen den Leuten hindurch zur Ladeluke des Busses. »Ouh, stopp. Das ist unser Rucksack! Ab mit dir, Elin.«

Das lasse ich mir nicht zweimal sagen. Aber wohin? Ratlos bleibe ich nach ein paar Metern stehen und sehe mich um. Dann habe ich eine Eingebung. Der Ort unserer ersten Begegnung! Ich kämpfe mich über einen Hügel aus weggeschobenen Schneemassen und sprinte in Richtung der aufgeschichteten Steine, so schnell das mein körperlicher Zustand erlaubt. Alter, mir ist ganz schön schwindelig von dem bisschen Rennen. Ich stütze die Hände auf die Oberschenkel und hoffe, dass das Dröhnen in meinem Kopf etwas nachlässt. Inzwischen weiß ich, dass der Steinturm eine Landmarke ist. Eins von vielen Hundert Steinmännchen, die sich in allen Größen und Formen quer durch Island ziehen. Manche sind uralt, noch aus keltischer Zeit. Sie sollen die Wanderer vor Trollen und anderem Übel beschützen und Orientierung bieten. Und in manchen Gebieten ist es daher streng verboten (vor allem für Touristen), neue aufzuschichten oder gar Steine zu entfernen. Ich lächle. Wahrscheinlich war Kári deswegen so sauer auf mich bei unserem erste Treffen.

Auf einmal tippt mich jemand zart auf die Schulter. Ich fahre herum. Das Herz klopft mir bis zum Hals. Und dann geht die Sonne auf. Ich meine, sogar ganz in echt. Hinter ihm.

Kári steht direkt im Kegel der aufgehenden Sonne und hat einen fast überirdischen Schimmer um sich herum. Oder mein Fieber ist höher, als ich dachte. Kann auch sein. Kein Wunder jedenfalls, dass mir die Spucke wegbleibt.

213

Er starrt mich an und weiß nicht so richtig, was er sagen soll. Genau wie ich. Oh nein! Sehe ich so schrecklich aus? »Hi«, breche ich als Erste das Schweigen.

Hi, höre ich ihn wie ein Echo direkt in meinem Kopf wummern, wo das Blut um meine Ohren rauscht. Verlegen lächele ich. Er auch. Wir lächeln uns blöd an. Super. Und jetzt? Wie weiter?

»Ich … ich hab nur fünf Minuten«, stammele ich und zeige auf das Flughafengebäude. Himmel, ich wollte ihm tausend Fragen stellen. Jetzt steht er direkt vor mir, und ich bringe keinen Ton raus. Vielleicht können wir wenigstens Telefonnummern austauschen?

»Wie geht's der kleinen Stute?«, frage ich stattdessen. Dann fällt mir ein, dass er so gut wie kein Deutsch kann. Ich bin so blöd! Aber er lacht nur, und dabei bekommt er total süße Grübchen, und dann zieht er sich meinen Schal vom Hals und will ihn mir umhängen. Aber ich schüttele den Kopf und halte ihn an den Handgelenken davon ab. Er erstarrt in der Bewegung. Déjà-vu – das hatten wir schon mal. Wir reagieren beide erschrocken. Unsicher. Es fühlt sich elektrisch an, als ich ihn berühre. Es kribbelt. Leise. Ganz komisch. Wie eine kleine statische Aufladung, nicht ganz so heftig, aber dafür anhaltend. Irgendwie … bäämm. Ich lasse die Ärmel seiner Jacke los. Sie fühlt sich flauschig weich an, und die Holzknöpfe – oder ist das Horn? – sehen handgeschnitzt aus. Komisch, dass man sich in solchen Momenten lauter unwichtige Details einprägt. Ich schaue ihm wieder in die Augen. Grün sind die. So grün, wie ich noch nie welche gesehen habe. Mein Magen ist ein Ameisenzoo. Ob er Kontaktlinsen trägt? Himmel, Elin. Sag was!

»Ähm …«, stammele ich los. »Behalt den Schal bitte. Als Dankeschön. Du hast mir echt das Leben gerettet. Zweimal sogar, oder?

Er ist aus dem Hard Rock Cafe in Köln. Also, der Schal. Das ist eine Stadt in Deutschland.« Ich breche ab, bevor ich noch mehr Blödsinn schwafele.

Kári erwidert irgendetwas völlig Unverständliches. Und ich kann noch nicht mal sagen, ob er genauso hilflos herumbrabbelt wie ich oder ob er total cool ist. Wahrscheinlich ist er das. Ich glaube, ich hab mich ein bisschen eingehört ins Isländische. Jedenfalls kommt bei mir an, dass er das nur gerecht findet, weil ich ihm und der Stute geholfen habe. Dann kramt er in der Hosentasche seiner altmodischen Wollhose und fördert einen kleinen Stein an einer Schnur zutage. Hell ist der, total abgeschliffen, und in der Mitte, wo er das Loch für die Aufhängung hat, schimmert er milchig grün. Ich habe noch nie so etwas Schönes gesehen.

»Das sind Pferdehaare, oder?«, frage ich und berühre den Riemen vorsichtig. Kári nickt mir zu, und als ich zögere, hängt er mir den Stein um den Hals. Seine Finger streifen meine Haut. Sie lösen einen Hitzeschauer aus. Und einen Flohzirkus mit Musik.

»Für mich? Wow«, flüstere ich und überlege, ob es Schweif-haare von der lahmenden Stute sind und wie lange dieses wohlige Kribbeln wohl anhält.

Kári schüttelt belustigt den Kopf. Er lacht, und einen Moment lang sehe ich Ljósadís vor meinem inneren Auge aufblitzen.

»Die sind von …?«

Kári nickt und lässt seine weißen Zähne strahlen.

Ich schlucke. Mein Hals kratzt, mir ist immer noch schwummerig. Und meine Knie wackeln jetzt auch ein bisschen. »Sag mal, liest du meine Gedanken?«

Kári zuckt schelmisch mit den Schultern.

»Abgefahren«, rutscht es mir heraus, während ich behutsam den Stein zwischen meinen Fingern reibe. Er fühlt sich seltsam warm und weich an. Und er schimmert wie das Nordlicht. Nordlicht. Ljósadis. Meine Lichtfee.

Aus weiter Ferne höre ich Mom nach mir rufen. »Ich … Ich muss jetzt los«, stottere ich weiter. »Ich … danke.«

Kári scheint mit sich zu ringen. Er blickt über die Schulter zurück, wo seine Pferde stehen und in aller Ruhe mit den Hufen unterm Schnee nach Gras scharren. Dann sieht er mich fest an und fasst nach meiner Hand. Gänsehaut. Brause im Bauch. Meine Knie sind jetzt endgültig Pudding.

Ich schiele zum Flughafen. Wie lange habe ich noch?

»Komm wieder«, höre ich ihn sagen, oder ich wünsche mir, dass seine Worte das bedeuten, und seine Stimme geht mir durch und durch.

Als ich mich wieder zu ihm drehe, macht er einen Schritt auf mich zu und haucht mir einen Kuss auf die Stirn. Und er hält mich immer noch an der Hand. Ganz warm. Vorsichtig. Aber fest. Angenehm. Sehr angenehm. Hitzeschauer. Flohparty. Ameisenbrauseprickeln! Was geht denn hier ab? Verrückt!

»Komm zurück!« Er sagt es noch mal, und seine Lippen bewegen sich kaum.

Ich nicke benommen. Total aufgekratzt. »Das … das werde ich. Versprochen. Aber …«

Kári lässt mich los, und mir rieselt ein weiteres Kribbeln über den Rücken.

Er lächelt und geht die ersten Schritte rückwärts. Dabei sieht er mich immer noch an. Staunend, fröhlich. Aufgedreht. Genau wie ich mich fühle. Dann dreht er sich um, fängt an zu laufen und springt über die Kruppe auf seinen Schimmel.

»Warte«, rufe ich ihm hinterher. »Du hast ja nicht mal meine Telefonnummer! Bist du bei Snapchat? Instagram?« Warte doch! Ey!

Kári lässt den Schimmel steigen und zeigt dann lachend auf meinen Anhänger. Als ob das als Antwort reichen würde. Ganz schön eingebildet, der Kerl, oder? Aber süß!

»Pass auf Ljósadís auf«, schreie ich ihm zu. Und das gibt meiner Stimme den Rest. Ich muss husten. Hat er genickt? Kann er etwa doch Deutsch? Können ja viele hier oben. Himmel, warum passiert mir so was am letzten Ferientag irgendwo am Ende der Welt.

Ich hab Schmetterlinge im Bauch und Ameisen und Flöhe, und die haben alle einen Brauserausch. Lauter verrückte, kichernde kleine Dinger, die gegen meine Magenwände bummern, als ob ich in mir drin einen Insekten-Autoscooter hätte. Dummerweise meint mein Schädel, er müsste dagegen anstinken. Meine Kopfschmerzen sind mit aller Macht zurück.

Vom Rückflug nach Deutschland bekomme ich kaum was mit. Ich versinke in einen Halbschlaf irgendwo zwischen glückseligem Schlummern und fiebrigem Koma. Und das hält auch in der ganzen ersten Woche zu Hause an.

Ich döse und träume von Kári und von elektrischen Berührungen, von Ausritten zu zweit und von Ljósadís. Aber es gibt auch diese anderen Träume. Heftig und dunkel.

Mom ist kurz davor, mir den Nordlichtanhänger wegzunehmen, weil sie meint, der täte mir nicht gut. Aber als das Fieber endlich gesunken ist, erzählt sie mir, ich hätte das Ding mit Bärenkräften verteidigt, und sie hätte keine andere Möglichkeit gehabt, als es mir zu lassen.

Wenn ich allein bin, betrachte ich den Stein. Er schimmert milchig grün, sogar im Dunkeln. Da noch viel stärker. Als gäbe es ein geheimnisvolles Licht in seinem Inneren. Ein Nordlicht. Und es verbindet mich mit Ljósadís. Mit Kári. Mit Island.

Ich habe Sehnsucht. Es ist, als ob mich die Insel ruft. Sie wartet auf mich. Jemand. Ein trauerndes Pferd. Und ein rätselhafter Junge.

Ich lese alles über dieses Land aus Feuer, Eis und Lava, was ich in die Finger bekommen kann. Ich ziehe mir sogar einen uralten Fernseh-Mehrteiler rein, den ich bei YouTube gefunden habe. »Nonni und Manni«, eine Kinderserie, Island pur. Ich muss mehr als einmal schmunzeln, weil sich Kári und der Junge im Film irgendwie ähnlich sehen. Und ich muss weinen, weil er auch einen Schimmel reitet. Am Strand entlang und durch die Berge. Und davon träume ich auch.

Meist sind es gute Träume, aus denen ich beschwingt erwache und mir einbilde, diese Begegnungen im Traum, mit Kári und Ljósadís, unsere gemeinsamen Ritte, auf denen er mir seine wunderschöne Welt zeigt – all das wäre Wirklichkeit in einer anderen Dimension. Dass wir uns durch diese Träume erreichen können … irgendwie … verbunden sind. Auch ohne Smartphone.

Aber es gibt auch diese anderen Träume. Albträume, in denen ich wieder im Treibsand stecke, vor der geheimnisvollen Höhle gefangen bin, die eine solche Kälte ausstrahlt, dass ich davon regelmäßig fröstelnd aufwache, obwohl mir kalter Schweiß auf der Stirn klebt.

Und dann frage ich mich, wenn diese einen Träume sich so wahr und realistisch anfühlen – sind es dann die anderen auch? Dann gruselt es mich, und ich muss schnell an etwas anderes denken. Aber der Stein tröstet mich. Mein kleines Nordlicht für zu Hause. Ich fühle mich behütet damit. Ich hoffe so sehr, dass ich bald zurückreisen kann. Bald. Ganz bald. Denn ich bekomme die beiden einfach nicht aus dem Kopf. Kári.

Und Ljósadís.

Bis dahin träume ich weiter.

Von Island.

Ljóri, der Name von Ljósadís' verlorenem Fohlen bedeutet: Lichtschein am Horizont. Ich glaube, in Island ist alles möglich. Ich muss einigem auf den Grund gehen. Ich habe ein Ziel. Und ich habe Hoffnung.

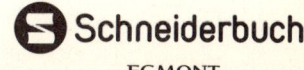

Linda Crammond

Sundancer
Mit dir bis ans Ende der Welt

Kämpfe für deinen Traum!

Sundancer ist weg, Kiris über alles geliebtes Pferd! Seit Kiri ihm das Leben gerettet hat, sind die beiden unzertrennlich. Es ist zu Kiris wichtigstem Freund geworden, dem sie alles erzählt, was sie bewegt. Denn ihr Vater, mit dem sie allein auf einer Farm am Meer lebt, ist selten zu Hause. Und wenn, dann ist seine neue Freundin Stephanie dabei. Die mag Kiri nicht besonders. Nun hat ihr Vater auch noch Sundancer verkauft, weil er Geld braucht – ohne ihr etwas davon zu sagen. Kiri weiß noch nicht einmal, wo Sundancer hingebracht wurde. Aber sie muss ihr Pferd unbedingt finden und zurückholen – um jeden Preis …

Eine herzergreifende Geschichte über die innige Freundschaft zwischen einem Mädchen und einem Pferd!

208 Seiten, broschiert mit Klappe
€ 12,99 [D]
ISBN 978-3-505-13892-8

www.schneiderbuch.de

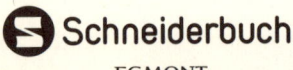

Schneiderbuch

EGMONT